心で、つなぐ命

又木義人
Yoshito Mataki

幻冬舎
MC

心で、つなぐ命

目次

はじめに

日本人が太平洋戦争を語り継ぐことが出来無くなる前に、時の主人公義博（よしひろ）を中心にして、人が「心でつないでいく命」を描き出す。

幼少時の遊び・青年からの学術研究（知的創造活動）の中で、自然界と同化し得られた主人公の見識は研ぎ澄まされてはいるが、少々田舎臭さを持った照れ屋な性格で、その純朴さに接する全ての生命体は活かされる。

父義博の戦中戦後を生き抜いていく姿は現コロナ禍でご近所さん・学友・先生・仕事仲間、そして何よりも代えがたい家族とも遮断させることになっている人間同士の隔離感を打破できるかも知れないという、希望が見えてくる。

又、戦争では家族と別離させられ戦場を彷徨し、市中でも爆弾投下を被り、皆それぞれに息絶えた。奇しくも生き残った者達の貴重な体験は敗戦と同時に葬られ、当時の上官・参謀本部だけの近代歴史版として怖がられる口調で語られるテレビ記録に置き換えられている。そして、また今日も又、テレビのコメンテーターがコロナ話を転がしている。

金銭的絶望の淵に立っている民を見放してしまう政治と金持ち達。

これが日本であっていいはずが無い。そんなんでは伝わらない。ここで伝えたいのは戦争で辛苦を舐めた、その時分の子供の「小さな心」、決して良くはなかった青春の「想い出」、成人を迎え自分に課する「使命感」なのである。なぜに彼ら若者は、日本を再興できたのか。その答えに導いてくれる義博に成り代わって書することにした。


二〇二〇年八月（終戦七十五回忌）　息子義人（よしと）

第一章　日本に宿った命

①「義博」、ルーツは石川県金沢

一九三五年（昭和十年）十月八日、石川県金沢市で義博（よしひろ）は生誕し五歳まで金沢に居住していた。その頃の北陸地方はとにかく冬の積雪がすごく二階から出入りする日もあった。

幼少時期のある日の夕刻、義博を寝かしつけた母と姉達三人がちょっと近所に外出している間に目が覚め、後追いし雪深い外に出て無我夢中で探し回っているうちに、自宅からかなり離れたところで完全に迷子状態になってしまった。

自分の存在を知らしめようと泣き叫んだが、じきに声を詰まらせ嗚咽（おえつ）に変わり、行く当ても無くただ歩き回っていると、通りがかりの見知らぬオジサンに声をかけられ最寄りの交番まで連れて行かれた。

早速、お巡りさんは凍えた手足をストーブに寄せ温め、茶色い小さい粒の「やわらかい駄菓子」を与えてくれた。お巡りさんにあやされ、泣きが治まり落ち着き始めた頃に、家に戻った母と姉達三人は義博が居ないことに驚く。探す手立ても無く半狂乱の状態で交番に駆け込んだ姉達は、そこにいる弟に気付き抱き寄せ、自分らの心の乱れを鎮めるのに時間を要した。あとで姉から聞いた話だが「もしこの子が捨て子で、預け先がなければ引き取りたい。」とオジサンがお巡りさんに相談していたとのことであった。

夏に姉達におんぶされ、金沢市街地を流れる犀川（さい川）に遊びに行き、岩から岩へ渡されていた板木の橋を一人で渡っていると途中あやまって足を滑らせ流れの速い深みに落ちてしまった。姉達は成すすべなく狼狽し助けを求める声を上げ、その精神錯乱状態にも達しようとする叫びに、下流で水泳をしていた男子中学生が気付いて流され溺れている義博を助けてくれた。

また、冬になると家の裏庭で父は自分が乗ったスキーの両板の後ろ側に義博をまたがらせ、うしろから太ももにシッカリまとわり付くことが出来たことを確認するとゆっくり滑ってくれた。喜々としておねだりする義博に付き合って、父は何度も繰り返してくれる。

父は転勤で一家が金沢から「南国の宮崎」に引っ越す時、犀川で救ってくれた中学生に、そのスキー板・ストックなどの用具をプレゼントしたとのことである。

義博が溺れた犀川は二級河川ではあるが、名前の犀はまさに動物の「サイ」のことで、一本の角を持っていることから鋭さを意味する。犀川の曲流を奏でる渓谷（けいこく）は美しく犀峡（さいきょう）と評される。金沢を挟むように、この犀川と浅野川が流れていて、その流れの雄々しさから犀川は「男川」、優美な流れの方の浅野川は「女川」と呼ばれている。

犀川・浅野川で漁獲されていた「鮴」（魚偏〈さかなへん〉に休むと書いてゴリと読む）は清流に棲む小型の淡水魚。金沢ではゴリの佃煮、唐揚げ、照り焼き、白味噌仕立てのゴリ汁な

金沢市街地を挟むように流れる犀川と浅野川になるが、加賀藩では生活・防衛の為、武家屋敷に、この犀川の流水を引き込んだ。その用水路が流量豊かに激しく波立っている勢いは、間近に犀川を感じ取ることが出来るので観光では一見の価値がある。

コロナ流行で2020年5月、浅野川の「鯉流し」は中止となった。

義博が溺れた犀川

どの「ゴリ料理」が名物。ハゼ科のゴリは吸盤状の腹ビレで川底にへばりつくように生息するため、二人一組で一人が「ゴリ押し板」を使って石の下にいる俊敏なゴリを追い出し、もう一人がブッタイという三角の竹笊（たけざる）で捕獲する。

この漁法が「物事を強引に推し進める」という意味の「ゴリ押し」の語源になっている。昭和の初め頃までは盛んに漁が行われていたが、今ではゴリは極稀な貴重な食材。

協力：金沢駅すぐの寿司、地もの酒菜「高崎屋」でゴリを堪能した。

ゴリの唐揚げ：グロテスクなマスク

②父「巳義」のルーツは志布志

あらためて、義博の父親の名は巳義（みよし）で一九〇五年（明治三十八年）十二支の第六番目の巳年（蛇年）生まれ、生誕地は鹿児島の志布志（しぶし）になる。

余談ですが、志布志の由来は、古くこの地を訪れた天智天皇（てんじ天皇）が滞在中に妻と侍女が共に「布」を献上してくれたことを「上からも下からも『志』として布」を献じたことは、「誠に志布志である」と褒め、この地名となったと伝えられています。

転じて、現在の役所の話をすれば、

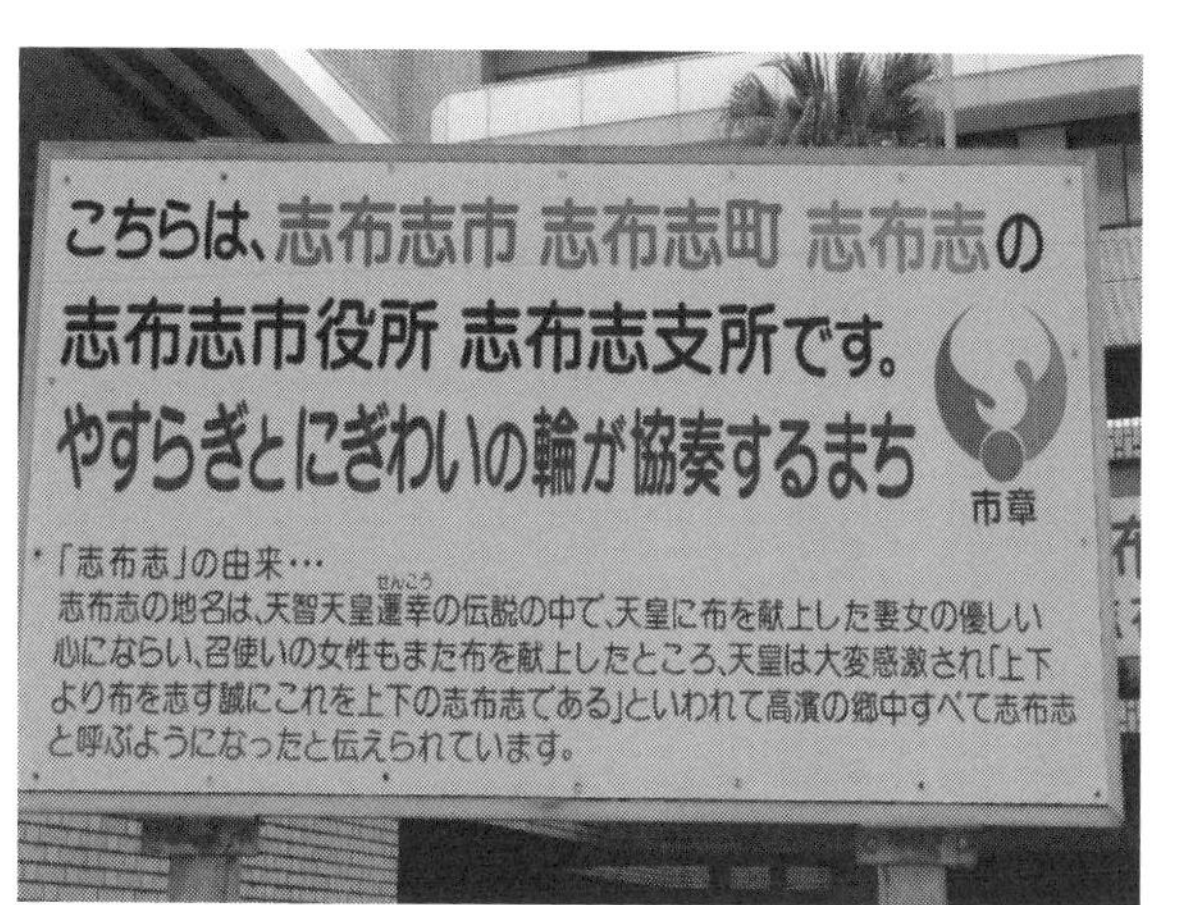

珍名所：町のタクシー運転手に話し掛けると、「私らは珍しかとは思わん、昔からじゃって。」との回答。そのタクシーを待たせ、志布志支所の門の掲示を写真に数枚を納めて戻ると、その様子を伺っていた運転手から更に「えっ、この撮影だけのために、わざわざ遠うから、来てくれたん？　たまがった。(びっくりした)」と、薩摩弁で追撃された。

「志布志市役所志布志支所」の住所は、「志布志市志布志町志布志二丁目」になります。

巳義が生まれる前年一九〇四年（明治三十七年）に日露戦争が勃発すると、古くより海外との交易がおこなわれていた志布志湾は海軍の演習地、停泊地として幾分か賑わった。その後、「地租改正（ちそ改正）」の煽り（あおり）を受けた一家（両親、長男の巳義、妹、弟）は志布志から肥沃な土地の宮崎に移り住んだが、巳義九歳の時に父を亡くし更に貧しい生活を続けることになる。巳義は母の耕作を助け、妹弟の若すぎる父親代わりをした。新生明治政府がおこなった地租改正とは、従来の年貢米から地価に対して税を定め、これを金銭納付させることで安定した税収を得ようとする租税制度改革になる。

あとで「地租」の詳細説明します。

それでも、巳義は闊達（かったつ）で物おじせず、何事にもひるまない性格である一方おおらかで人を和ませ、周囲の雰囲気をポジティブに変えてしまう比類無き天性のものを持っているが故に、上昇機運に乗ることができた。

宮崎の旧制中学校に一九一七年（大正六年）に入学し、その学び舎で文武両道に励み、学業・武道ともに成績は優秀であった。しかし落ち着いてはいるが、少々おっとりし過ぎた人柄が次の進学に影響を与えてしまうことになる。

東京市神田区湯島（現、東京都文京区）に一八八六年（明治十九年）に設立された「東京高等師範学校」（現、筑波大学）の「英語科の入学試験」のため、同じ出身中学で師範学校文科二年生になる先輩重田さんに引率され、一九二一年（大正十年）に上京し神田の安宿に宿泊した。翌朝いざ師範学校に行ってみると「英語科の試験は前日に終わっている」とのこと。その急な知らせを聞いた重田先輩があくせく手を廻し、その日に行われることになっている「体育科の入学試験」に滑り込ませ、巳義は合格出来ている。巳義が合格した体育科は、まさに試験当年に文科・理科と対等の本科となり、体操・遊戯・競技・柔道・剣道の専攻を立ち上げたばかりであった。

巳義なるが故のどんでん返し、奇運の持ち主、おかしな話である。

師範学校は卒業後教職に就くことを前提に学費無料で生活も保障されたので貧しい家の優秀な子弟を救済する役割も果たしていた。巳義にとって

文京区役所前、講道館門前の加納治五郎の銅像を撮影

将来を含め最適の進学になる。特に東京高等師範学校は「教育の総本山」と称され、近代日本の中等教育界に大きな影響力を有する存在であり続け、また長期にわたり校長を務めた嘉納治五郎の下で日本の学生スポーツを昇華させた。

嘉納治五郎（かのう　じごろう）一八六〇年十二月十日（万延元年十月二十八日）、摂津国御影村生まれ。神戸市立御影公会堂でその功績を確認できる。

講道館柔道の創始者であり、日本の初参加となったストックホルムオリンピックでは団長として参加する。更に一九四〇年（昭和十五年）の東京オリンピック招致に成功した（後に日中戦争の激化などにより返上する）。明治から昭和にかけて日本に於けるスポーツの道を開いた。「柔道の父」また「日本の体育の父」とも呼ばれている。

その東京高等師範学校を、巳義は一九二六年（昭和元年）に卒業し、母校である宮崎の中学校に剣道教諭として二十一歳での初赴任となる。

実は、その中学校の校長は、かつての巳義の恩師であり良き理解者でもあった。

③神武さまが導いたお見合い

職場の中学の近くに宮崎神宮があり、その神宮の御祭神である神武天皇（じんむ天皇）は、日向国（ひゅうがの国：現、宮崎県）に生まれ四十五歳までを、その地で過ごし、その後、日本を治めるべく東征（東への遠征）を始めます。

そして奈良の橿原（かしはら）にて「日本を建国し初代天皇」となるのです。

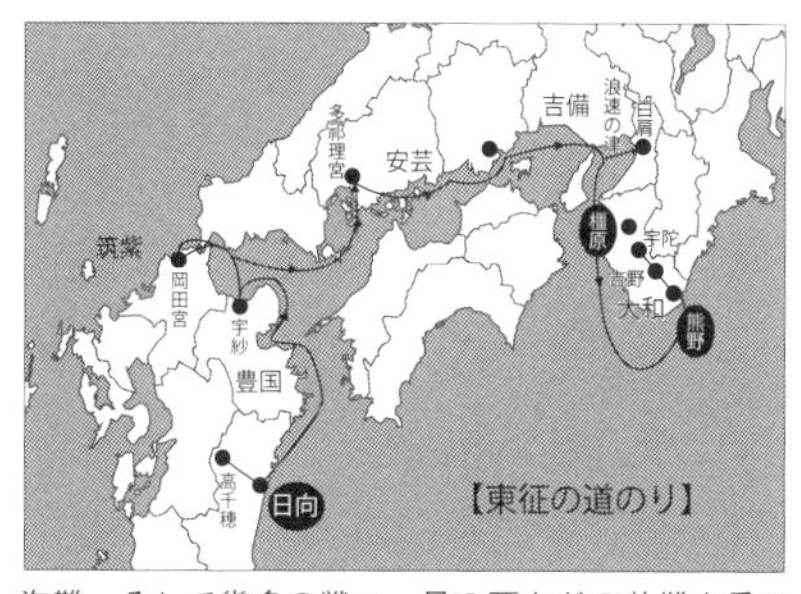

海難、そして幾多の戦い・兄の死などの苦難を乗り越え目標に達した。

八咫烏は太陽の化身で導きの神とされている。

八咫烏（やたがらす）は日本神話に登場するカラス（烏）であり神。神武天皇のもとに現れ、熊野国から大和国への道案内をします。

日本サッカー協会のシンボルマークに用いられています。


宮崎神宮は、明治維新の際に発せられた「王政復古の大号令」で「神武創業の始め」が唱えられ、初代神武天皇を祀った宮として注目を浴びるようになり、ここの御神幸祭（ごしんこうさい）は秋の大祭で、「神武さま（じんむさま）」と呼ばれています。

神武天皇が東の地へ向かった際に乗ったとされる船「おきよ丸」（日向灘から出航する朝に命じた「起きよ！」の号令に由来する）を再現した巨大な山車や「ミスシャンシャン馬」、こども太鼓などが街を練り歩く姿が、今でも沿道の客を楽しませてくれています。

江戸時代の中頃から大正時代初めまで、宮崎では実際に花婿が花嫁を馬に乗せ手綱を引き七浦七峠（ななうらななとうげ）の険しい道を越えて、鵜戸神宮（うど神宮）参りをしていました。それが現代に引き継がれ、地元の企業から選ばれた花嫁役を乗せた馬が鈴の音「シャンシャン」と奏で歩む模擬新婚夫婦の行列は、「祭りの一番人気」になります。

又、鵜戸神宮は宮崎県日南市にある日向灘に面した岸壁に、海水の浸食洞窟を利用して造られた珍しい神宮です。

日向灘沿いの七浦七峠の険しい道のりを乗り切ると、目的地になる鵜戸神宮本殿に到達する。日向灘に面する断崖絶壁に造られており、迫り来る海水は激しく渦巻いている。お乳岩（おちちいわ）があり、かつて、その岩から滴り落ちる御乳水で作ったとされる「おちち飴」を購入した。夫婦の門出祝いと安産を祈願するに、ふさわしい神宮だ。

巳義は、そんな賑やかな祭りの街中を学生時代から使っている下駄をはき、なにかしら愛らしげのある堂々ぶりで闊歩（かっぽ）していたら、当時では珍しい洋風姿で目元が冴え渡った美しい女性が、街の輩（やから）五人に囃し立てられ「通せん坊」（とおせんぼう）をくらっている。世間では「愚連隊」と呼ばれている連中だ。

一見、女性の服装からして銀行の行員のように思える。客先廻りの途中なのか。よく見れば、お伴の小僧が付いているが、しがみ付く様に女性の後ろに身を隠していて役に立っていない。

愚連隊の親分風の男の着物の袖口からは色彩鮮やかな刺青がチラついていて、周りの祭り客は無言のうちに、そそくさと遠目に歩を進めている。

巳義は「えーら、どげんしたつな。（訳：こら、どうしたんか）ずんだれちょらんで、はしとし。（訳：だらしなくしていないで、ピシッとしなさい）」と声をかけた。

愚連隊は咄嗟に振り向いて、刺青の親分が肩を揺らしながら「しかしかもねーこつゆうなて（訳：生意気なことを言うな）」と言い返してきた。宮崎弁の応酬になる。

平穏な祭りとは裏腹に異様な空間が出来上がり、巳義と愚連隊の一対五の戦闘状態が整いつつある。そこに中学校の用務員「清」（きよし：キヨ爺の愛称で呼ばれている）が、フラフラと自転車に乗ってやって来て、目の前の巳義と愚連隊を一瞥（いちべつ）すると咄嗟に背中の雑用袋に突き刺していた長さは三十八センチくらいの竹製の鯨尺（くじらじゃく：元来クジラのヒゲでつくられたことに由来する、和裁用に使われていた物差し）二本を「ヒョイ」と巳義に放り投げた。巳義は両手に一本ずつを上手に受け取り、左手の鯨尺を右手に持ちかえ、「シカッ」と握り合わせた。

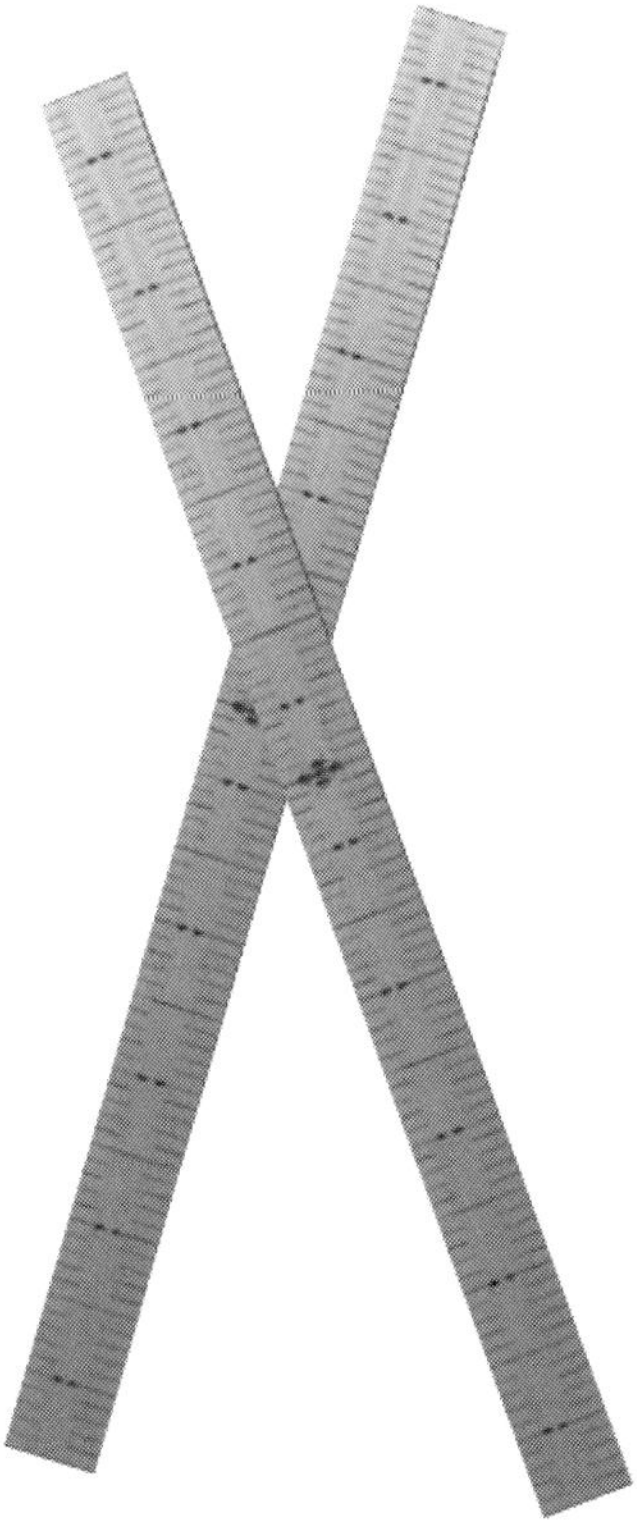

鯨尺：江戸時代は鯨の髭で作られていた。現在でも需要があり竹で作られている。

そして、「カッ」と短く声を発しながら相手を見据える。

それに対して親分は、なんと拳闘（ボクシング）のポーズをとって「ジワリ」と詰め寄る。当時、日本拳闘の黎明期（れいめい期：始まりの時期）で一九二七年（昭和二年）六月五日、大日拳主催の第一回日本選手権大会が開催されている。そんなさ中、愚連隊の中にも拳闘クラブに通う者が多かった。


睨み合った二人は、まさに拳技と剣技（ケンとケン）の体制である。

しかし、その戦いは一瞬にして終わることになる。

親分は堰（せき）を切ったかのように左フックを繰り出したが、巳義は「ヒラリ」と半歩後ろに下がってかわした。

続けざまに右ストレートが飛んで来たが、巳義は体を左に寄せながら「ズン」と前に踏み込むのと同時に今や短刀と化した鯨尺で、その右拳の手首めがけて閃光（せんこう）の如く小手を打ち込んだ瞬間、「骨が悲鳴を上げる音」を周りの者は聞いた。

親分は「ガクリ」と片膝を地に落とし苦痛の表情で見上げた瞬間、容赦なく額すれすれに面打ちが飛び込んで来た。今度は背後に尻もちをつく。

そこに騒ぎを聞き駆け付けて来た巡査二名に気付いた愚連隊は親分を引きずり上げ瞬く間に退散して行った。同じく、助けた女性と小僧もいつの間にか姿を消していた。

一方、巳義は交番に素直に連行され、その巳義の活躍を子供のように喜んでいたキヨ爺も参考人として引っ張っていかれた。

ほどなくして休暇中の校長と教頭がやって来て、校長は武術の教育者が正当防衛とはいえ敵に使用したことを咎めた（とがめた）が、その反面、巳義の持ち前の正義感はかつてより承知しているので、実は巡査の手前の大げさな叱責であった。

キヨ爺の方は教頭にこっぴどく叱られている。学校の備品である物差しを勝手に持ち出していたからだ。きっと裁縫をする女に貢ごうとしていたのであろう。

交番を出た時には日は落ち折角の祭りも終わりかけようとする中を、自転車を押すキヨ爺と巳義は並んで宿舎に帰って行った。

警察が入ったことで幸いにして愚連隊の復讐も無く、その後の二人は元の生活に戻ることができた。

前腕部分には橈骨（とうこつ）という骨があります。絵の骨が橈骨。手を絞った状態で小手を打たれると、橈骨の手首の角に竹刀が当たり、とても痛

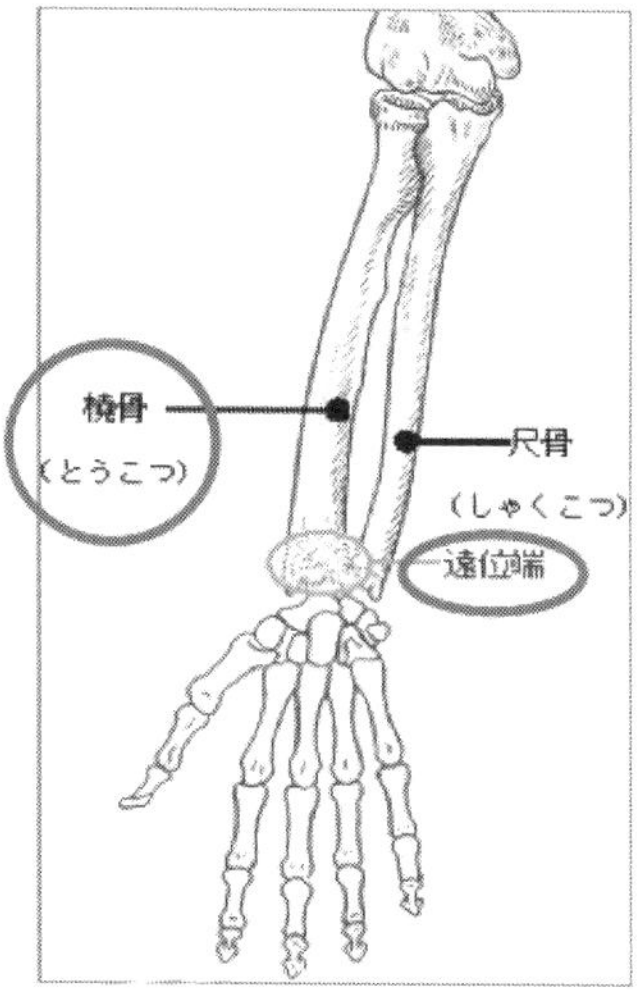

小手打ちの的は小さく動くが、鍛錬を積んだ巳義の小手は素早くまっすぐに振り下され、その部位を捉えた。

いか骨にヒビが入ってしまうことにも成り兼ねません。

　橈骨遠位端（えんいたん）骨折という症名。小手打ちとは真剣でいえば、相手の手首を切り落とす剣術です。面・胴・突のどれもが、相手を即死に至らせる技であるのに対し、小手打ちは相手が剣を持つ手首を切り落とし戦闘力を奪う技になります。

　巳義は小手打ちで応戦し、面を頭上に打ち込まず、寸前で止めています。

　その頃、全国に「県立の師範学校」が新設整備され始め、校長の意向で中学校剣道教諭から石川県の師範学校体育教諭への昇格という形で転勤が決まった巳義は宮崎初赴任から、わずか一年の一九二七年（昭和二年）二十二歳で、その年の春の金沢行きを迎えようとしていた。更に校長は独り身を金沢に送り込むのは忍びないと思い、かつての中学時代の盟友が五十四歳で一年前に亡くなり、ひとりとなった未亡人との間に産まれていた次女とのお見合い話を巳義に持ちかけた。

　二月大安の日、校長の家でお見合いが設定されたが、肝心の巳義の準備が良くない。寝坊し、先輩から借りたペラペラの羽織はかま姿で三十分遅れてやって来た。しかも事前にもらっていた相手の写真は一度も見ていない。玄関先でイライラと待ちわびていた校長を気にも留めることなく、勝手知ったる我が家のように玄関を入り、校長がたびたび教師を招いて食事会を催している客間のふすまを無造作に勢いよく大きく開けた。

　そこに居たのは、付き添いの母親らしき年配の婦人の横で、サッと手をつき頭を下げた女性こそが生涯を添い遂げることになる、あの時、あの祭りの通りで救出した人であった。

④「巳義」「スエ」結婚そして金沢へ

一九二七年（昭和二年）三月、その日の宮崎は南から吹く穏やかな暖かい風に包まれている中、校長宅を間借りしての婚礼が行われた。巳義は教員宿舎で独身部屋四畳半住まい、隣町にいる母、妹、弟の住む借家は貧しく人を招き入れる余裕はなかった。

それを悟っていた校長は婚礼準備、仲人の全てを執りおこない、巳義を見送った。

そして、巳義二十二歳、新妻スエは二つ上の二十四歳、ふたりの生活は金沢でスタートする。翌年から順調に出産が続き、金沢での十三年間で長女陽子、次女和子、三女道子、長男義博、次男信義の子供五人を育てることになった。

第一章①にて、金沢での義博の幼少時代のおぼろげな回想を紹介している。

金沢勤務の間、巳義は自分の家で婚礼を挙げることが出来なかったことを、心密かに悔やんでいた。もちろん校長の我が子を思わんばかりのご厚意は何ものにも代え難いことではあったが……。巳義は九歳の時に父親を亡くし、これまでずっと母・妹・弟の面倒を見てきたが、宮崎の借家は風雨に晒され（さらされ）、余りにも貧乏な佇まい（たたずまい）になっている。一方、女房スエの実家は宮崎から南西方向の内陸部にあたる都城（みやこのじょう）になり、近くに空き地を持っていた。そこで、巳義はその土地を貸してもらい、数回の金沢からの里帰りをする中、その都城の地に二十歳代の内に自費で家を建て、身内の三人をそこに転居させている。

巳義自身も今後の自分の身の振り方を当然考えていた。

金沢の師範学校教諭としての経験は十三年にもなり、やはり故郷を想う気持ちが芽生えていること、それにも増して、世界の中で日本が危ぶまれる立場にいることを察知していて後になって遅かったと悔やむことが無いよう、今のうちに動いていた方が良いだろうと思い、故郷宮崎の師範学校への転勤を希望した。

間もなく、その機会が訪れ、お世話になった金沢市を後にして宮崎市へ戻ることになる。

第二章　変わりゆく日本

⑤宮崎への帰郷、そして日本の変貌

巳義が金沢から宮崎の師範学校へ転勤することになった旅の途中、関門海峡の下関側か門司側かは覚えていないが、大型渡し汽船の丸い窓は義博五歳にとっては高いので、父に担いでもらって見た、汽船と岸壁に挟まれた真下の海面が油で濁っていて不規則に波立っている様（さま）は、予想できない多難な未来が迫って来る前ぶれであった。

金沢から宮崎に転居した年（西暦一九四〇年）は富国強兵の意気盛んな頃で、ちょうど「紀元二六〇〇年」も重なっていた。「なんと！　今が二〇二〇年でしょう。なぜ？」紀元二六〇〇年とは、かつて日向国から大和国へ向けて進軍し、橿原（かしはら：現在の奈良県の地）に日本を建国した初代天皇である神武天皇（じんむ天皇）が即位した年を元年とする「日本の紀年法」に基づく。「その元年は西暦前六六〇年」とされている。

従って西暦前六六〇年と西暦一九四〇年を足すと二六〇〇年を経過したことになり、それに当たる西暦一九四〇年（昭和十五年）に「紀元二六〇〇年」を記念し宮崎市街地の北部岳稜地（その頃は下北と言っていた）に、世界各地から集められた石で八紘台（ハッコウダイ）が築かれた。

その塔に刻まれている八紘一宇（はっこういちう）は日本書紀の「八紘（あめのした）を掩（おお）ひて宇（いえ）にせむ」から引用されたもので、全世界を「一つの家」、世界の多くの民族を「家族」とする平和的文言を、第二次大戦期の軍事国家日本は海外侵略を正当化する標語として利用することにした。

「紘」は力いっぱい張っても切れない太い綱の意。

決められた日の未だ夜が明けない早朝に、長い行列をつくった大人子供は提灯を下げ、その足元を照らしながら日の丸の小旗を振り、高台にある八紘台めざし坂道を行進した。

塔には「八紘一宇」と刻まれている。

塔の高さ三十七メートル、基部面積千七十平方メートル。そのスケールは写真右下の人と比べると判る。

塔の裏面には「紀元二千六百年」と刻まれている。

四方向に配置された四魂像の一つになる荒御魂（あらみたま、武人）

八紘台の強靭な姿は戦前に造られたものとは思えない。この塔は、未だに厳粛な建造物として存在している。ただし、今では公園の平和の塔として市民の憩いの場所となり本来の役割を担っている。
平和台公園は訪れる大人の散歩や子供の運動に最適だ。白鳩が自由に飛び回ったり、芝生で餌を探し回る様子は、平和を象徴している。

新生した明治政府は欧米列強と対抗するのに兵隊が欲しかった。特に二十～三十歳の成人男子が欲しかった。そこで徴兵制を施行するため「産めよ、増やせよ」の人口増加を奨励する。又、政府は殖産興業にも熱心で、それは外貨獲得の為の産業振興政策になる。何故なら、欧米列強と伍して行くための軍備増強（兵器の購入・近代化）が急がれていた。

国が政治を改め、新しい産業を興したりするためには莫大な金が必要になります。新政府の初期では江戸時代と同じく、そのうちの大半は農民が納めている年貢で賄われていました。すなわち米を徴収していたのですが、運搬の労役や保管にコストがかかり、何と言っても天候などに左右される米の取れ高によって年貢高も変動するので、安定した政治をすることができず、新しい税制を設定するようにします。

既に諸外国では年貢のような税は止め、お金で納める税金にしていたのです。

まず土地の所有者を定めて「地券」という所有権と税金負担の義務を表示した証明書を発行します。この時、初めて土地は幕藩体制時のお殿様のものから農民のものとなったのです。これで農民たちは自由に売れる作物を耕作が出来るようになりましたが、その作物を換金させ安定した現金で税を徴収しようとする「カラクリ」なります。

政府は、次に挙げた新しい税の決まりを立てます。これが地租の始まりです。
（一）これまでの年貢は廃止して、これからは地価を決め、これを基準にして課税する。
　この税の事を地租という。
（二）米の取れ高に関係なく、地租は地価の三％とする。
（三）地租は貨幣で納めることにする。
（四）いままでは耕している人が納めていたが、これからは土地の所有権を持つ地主が、
　地租を納めることにする。


こうして、お金で納める地租が決められたのです。

スッキリして良く出来ているようですが、その配慮ない思惑がすぐに露呈していきます。

地主から土地を借りて耕している小作人は、やはり従来通りに地主に高い小作料を米で納めることに変わりはありません。その米を地主が金に替えて税金にします。


地主にしても固定された地租の負担は重く不満を持ちます。何も良くなっていません。

土地の値段の三％というのは、実は江戸時代の四公六民（しこうろくみん）と同じくらいの負担になるのです。四公六民とは江戸時代の年貢率のことで、その年の収穫高の四割を年貢として領主に納め、六割は農民のものとしていました。

税制が改められたからといって、年貢の米の四割と土地の値段の三%では負担の重さは変わらず、むしろ「その年の取れ高に左右されない一定の税率」になっているのです。新しい政府に期待していた農民たちは江戸時代の暮らしと少しも変わらなかったことで地租に反対し、あちこちで騒ぎを起こし始めます。

更に、「入会地（いりあいち）」と言われる、従来から村や部落などの共同体で慣習的に所有している土地があり、山林では薪炭材・用材・肥料用の落葉を採取したり、又、原野・川原では、まぐさ（牛や馬の飼料とする草）や屋根を葺くカヤ（主にススキやヨシといった草）の採取が自由に出来る、唯一無二の「命をつなぐ土地」になりますが、それをも取り上げていきます。こうして地租改正と並行して行われた「官有民地区分事業」（官と民の土地を区分する事業）において、入会地が「持主不明」であることを理由に「官有地や御料林」に組み入れられたことに、とうとう山が動き火が噴きます。

【地租改正反対一揆】

明治七年の山形県ワッパ一揆、明治十四年に入会地の官有地編入に抗議する三万人が実力行使に及んだ群馬県入会地騒動が有名である。他にも明治九年十一月から数ヶ月間に、茨城県・三重県・愛知県・岐阜県・堺県（現、大阪府南部と奈良県に分割）・熊本県で相次いで一揆が発生している。これに対して明治政府は明治十年に地租を三％から二・五％に引き下げる決定をしたものの、地租改正事業の中止には応じようとしませんでした。

明治から昭和初期にかけて自作農は壊滅していきます。

一方、財力のある地主たちは土地を買い集めていきます。

こうして地方では自らは農業をせずに、小作人から受け取る小作料だけで経営が成り立つ「寄生地主」がみられるようになりました。

戦後の農地改革までこの寄生地主制は続きます。

経済優先・兵力増強に走り、台湾・朝鮮半島の植民地経営に力を注いだのはいいのですが、国内の人口増加に対応する自給食料が不足している現状に目を向けず、農業振興策を怠った結果、日本の食料需給は人口換算で八千万人に対し六千万人分の生産であり、この食料不足はじわりじわりと深刻化して行きます。

すなわち、貧困と飢餓が徐々に進行していったのです。

⑥ヤッちゃんとの想い出

巳義が金沢から宮崎へ帰郷して住みついた借家は、参道入り口の「一の鳥居」から宮崎神宮に進む中間のところに軍の司令部があり（今のＮＨＫ宮崎放送局）、そのほぼ正面を西側に入って四～五メートル巾の砂利道を五十メートルくらい入ったところで、玄関までの通路の両側には高さ五メートル程の柿の木が数本ずつ並んで立っていた。

　東隣は家主の農家宅になる。西隣は坂田さん、そこも同じく農家の貸家であった。

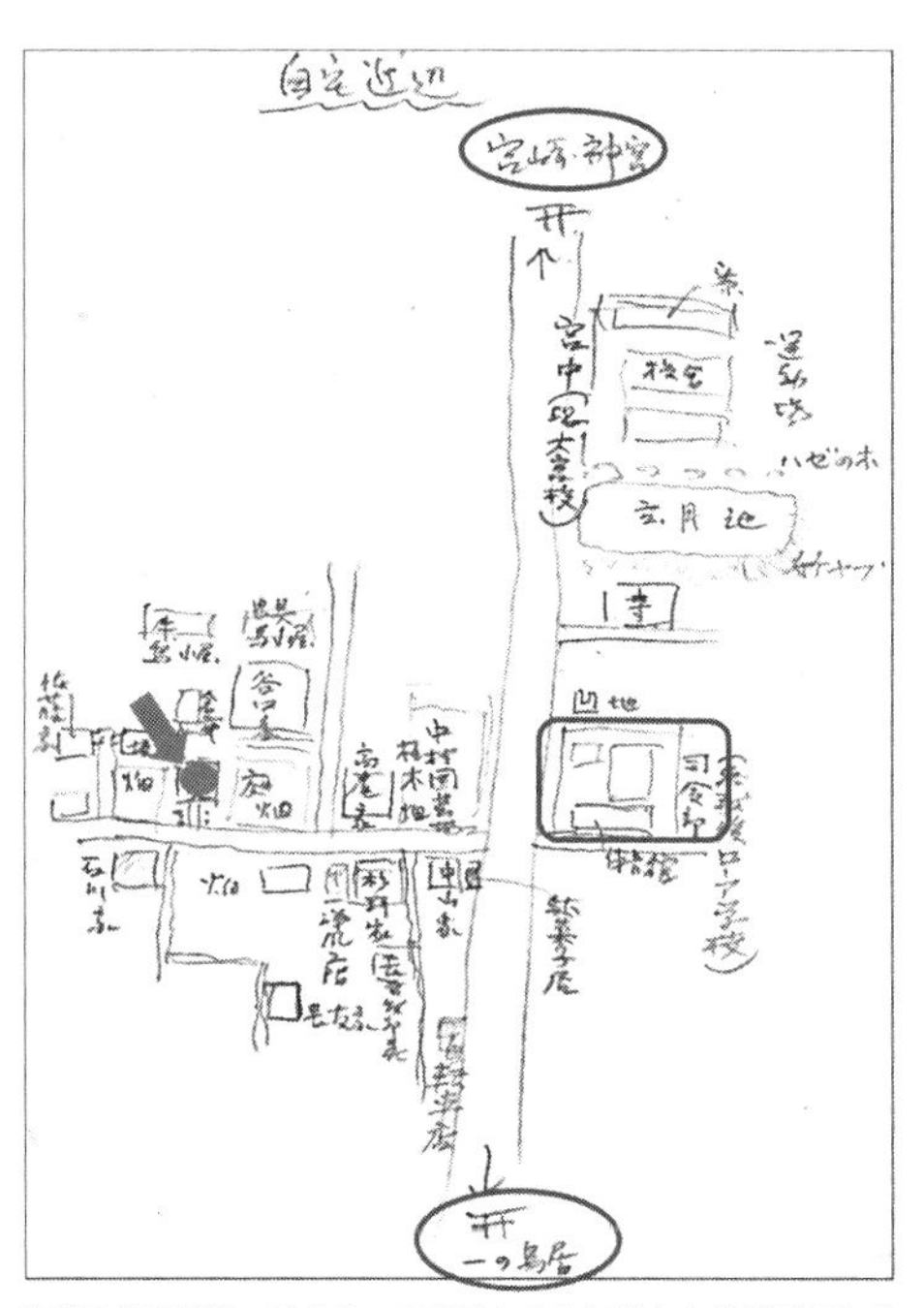

宮崎の自宅近辺：手前の一の鳥居から北に進むと宮崎神宮に抜ける、途中の右手に司令部があり、そこを左に進んで、入り込んだ所に自宅がある。：義博寸描

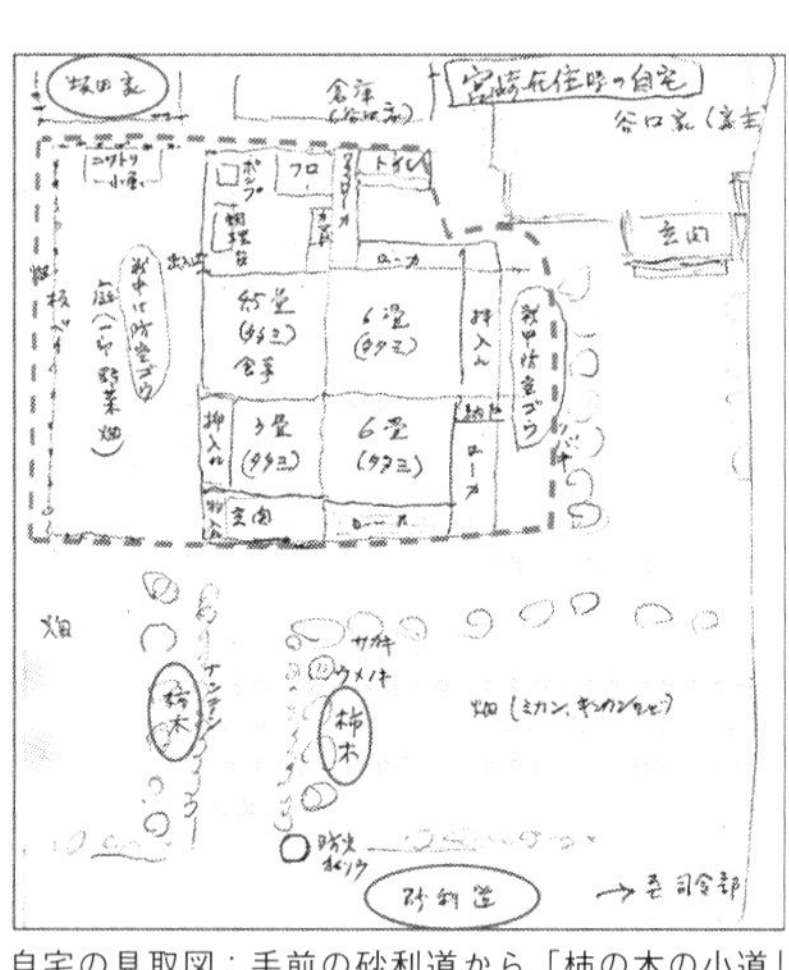

自宅の見取図：手前の砂利道から「柿の木の小道」を進むと自宅に着く。右手奥が家主さん、左手奥の同じ借家暮らしになる坂田さん家に、親友になるヤッちゃんが住んでいる。：義博寸描

当時、家族は両親の巳義とスエ、義博より八つ年上の姉陽子、その姉より二つ下の姉和子、更に三つ下の姉道子、次に義博、そして三つ年下の弟信義がいる子供五人の一家だった。

西隣の坂田さんのところのおじさんは痛風で半身が不自由で杖をついていて、おばさんは眼鏡をしていた。子供は義博より八歳上の男子と、義博と同学年の男の子八志（やつし）通称「ヤッちゃん」がいる。この坂田のおじさんは大分県の佐伯（さいき）の出身になる。長男（ヤッちゃんの兄さん）は中学二年（十三歳）から、競争率三十倍の陸軍幼年学校（将来の将校候補者として教育するのに設けられた全寮制の教育機関）に入校している。その学校の卒業生は陸士予科入校試験を免除され、エスカレーター式に進む。陸軍幼年学校は帝国陸軍の将校に進む最初のステップの一つとされていた。入校が決まった知らせの電報が舞い込んで来た日の翌日には、家主の農家宅で盛大な祝賀会が開かれ、近所中総出のお祭り騒ぎとなった。子供も集まり金沢から宮崎に越して来たばかり

の義博にとっては、ヤッちゃんと話をするようになる良いキッカケになった。

義博の通う小学校は、家から七百メートルくらい離れた宮崎県女子師範学校（女性教員を養成する学校）の隣に建てられている「師範学校の附属小学校」になる。

おのずと同じ借家暮らしをしている隣り合わせの坂田家次男、同い年の「ヤッちゃん」と小学校の行き帰りを共にし、毎日遊んだ。

一、ヤンマ釣り

ヤッちゃん、義博と弟信義の三人は一緒に唐芋（からいも、サツマイモのこと）の畑や池で、「ボーボーヤンボーケィ！」とふざけた言葉を発しながら、真夏に「オニヤンマ釣り」をよくやった。

竿網（さおあみ）で捕まえたヤンマを、メスの場合はそのまま、オスの場合はメスに似せるために羽根と胴体を茶色の絵の具で塗り、前羽と後羽の間の胴体に、長さ五十センチ位の糸をくくりつけ、それを竹棒に結んだものを用意する。

オスは縄張りを持ち、そこにメスが入ってくると、そのメスを捕まえて交尾をおこなうとするヤンマの習性を利用して、「ボーボーヤンボーケィ！」とかがんだ姿勢で竹棒を回していると糸のヤンマめがけオスが襲って来て、くっついた状態のままで地面に落ちたと

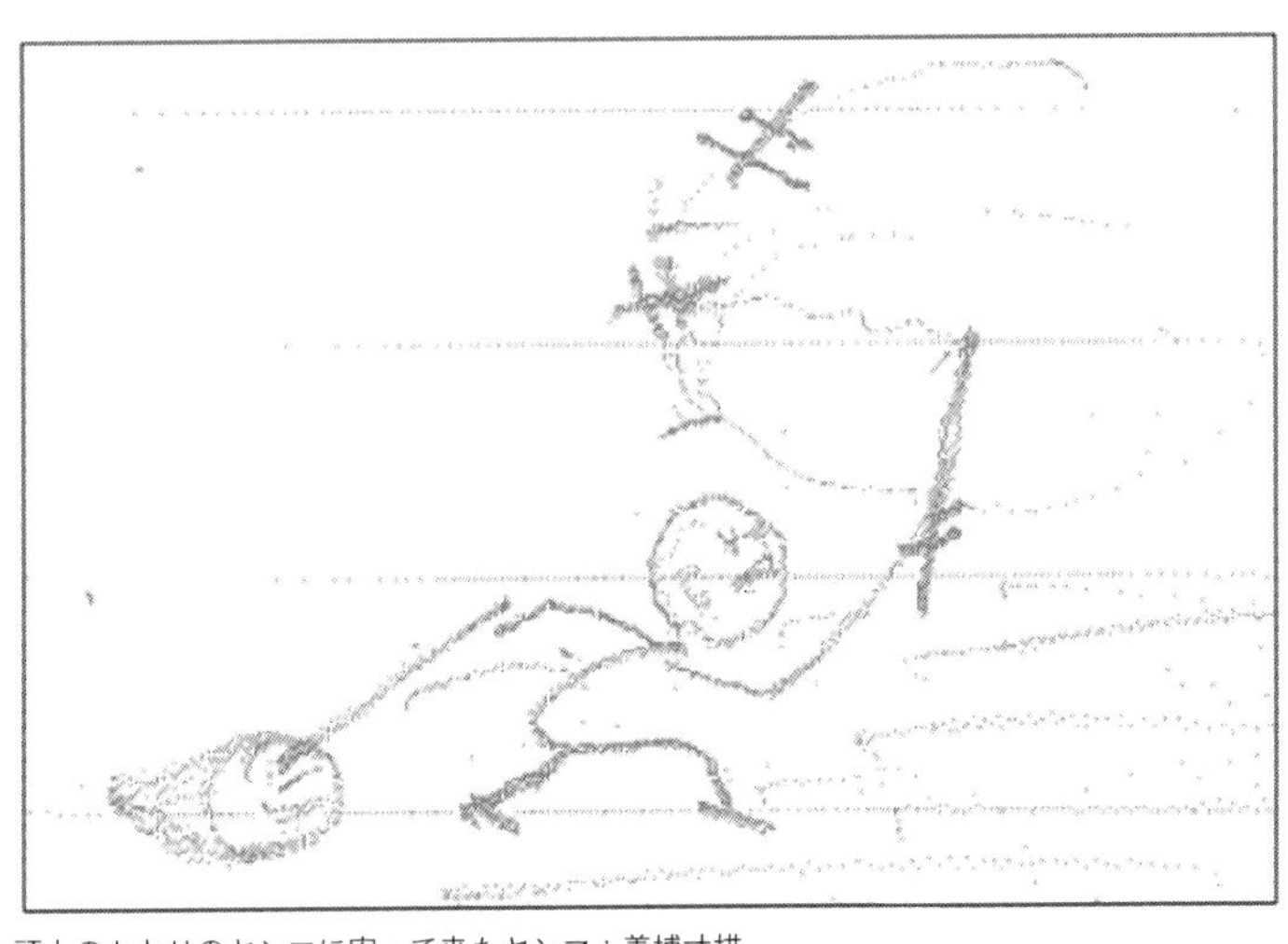

頭上のおとりのヤンマに寄って来たヤンマ：義博寸描

ころを一方の手に持っている小さな網でかぶせる。

とにかく、あの頃はヤンマがどこにでも飛び回っていたものだ。

二、竹デッポー遊び

竹筒と竹棒を絵のように組み合わせて作る。竹筒にスギの実（開花前の雄花）を一個ずつ両端に詰め込む。棒を「グィ！」と強く押すと実と実の間の空気に圧力が生じて、「パチッ！」と音を出して実が勢いよく飛んで行く。開花前の春先にスギの実を集め三人で撃ち合って遊んだ。

雄花は枝先に多数密生している五ミリくらいの長さの楕円形。

それに相対する雌花は枝先に一個ずつ下向きに垂れている緑色で直径二〜三センチ

の球形。三月頃に開花するスギは風媒花で（風を媒体にして花粉を運ぶ）雄花から雌花を目指して発せられる小さくて軽い花粉は多量に飛び散り、それは風に乗って遠くまで運ばれる。これが花粉症の原因になっていることはご承知でしょう。

義博とほぼ同年代になる俳句者で、他に追従を許さない優れた研究を成し遂げた現代俳句の先導者になる川名大（かわな　はじめ、千葉県生まれ）が、一句残している。

「春や昔杉鉄砲の痛きこと」

春や昔、つまり「ふるさとの春の子供の頃の遊びを思い出して」詠んだものになる。

三、ハゼ釣り、エビ釣り

都城盆地外延部の金御岳（かねみだけ）を水源とし、都城を経て東へ向かい宮崎平野を流れる一

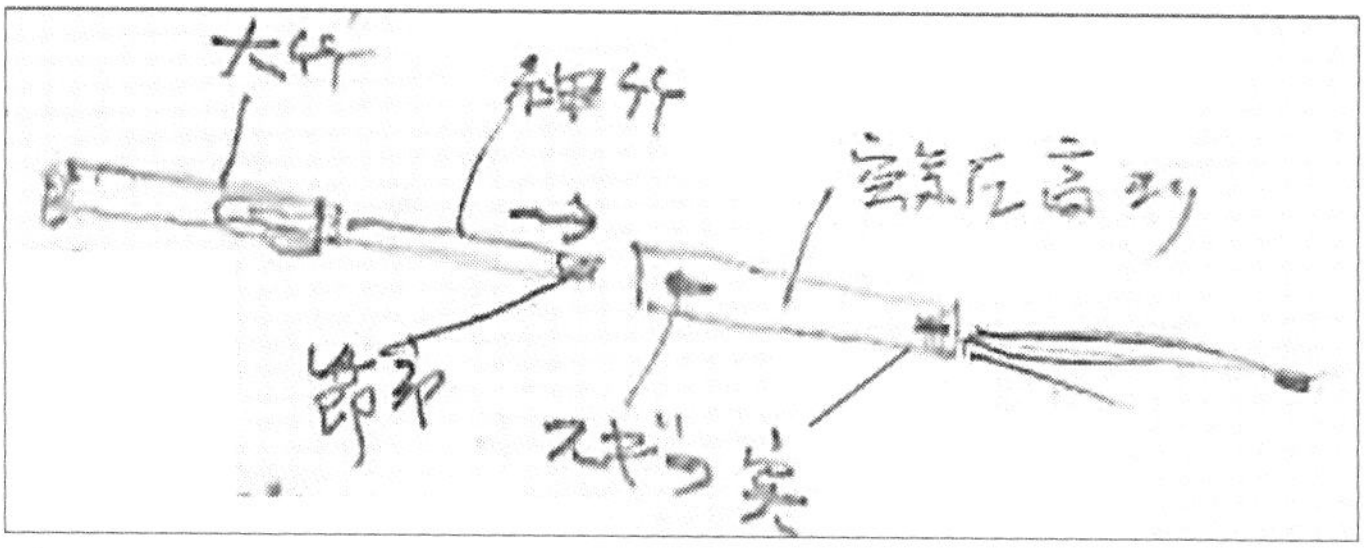

竹鉄砲；義博寸描
子供の遊びの道具は創意工夫に満ち溢れており、それをすべて「自然の原資」でまかない、自分達で作成していた。日常を比較すると、自然の中で子供が楽しんでいた当時と、インターネットのゲームに興じている現在とでは、天と地の差がある。
どちらが天か地かは定かではないが……。
当時の遊びの実体験は発育に必要なものに思えるが、インターネットが「絶対的インフラ」になっている「現在の魔病」には必要な対処をとるべきであろう。

級河川の大淀川（おおよど川）が「釣りの舞台」になる。

この大淀川に架かる橘橋（たちばな橋）は、鉄筋コンクリートを使った宮崎の市街地を南北に結ぶ永久橋として一九三二年（昭和七年）四月三十日に完成した。

戦争中には標的となり爆撃を受けたが持ちこたえた。

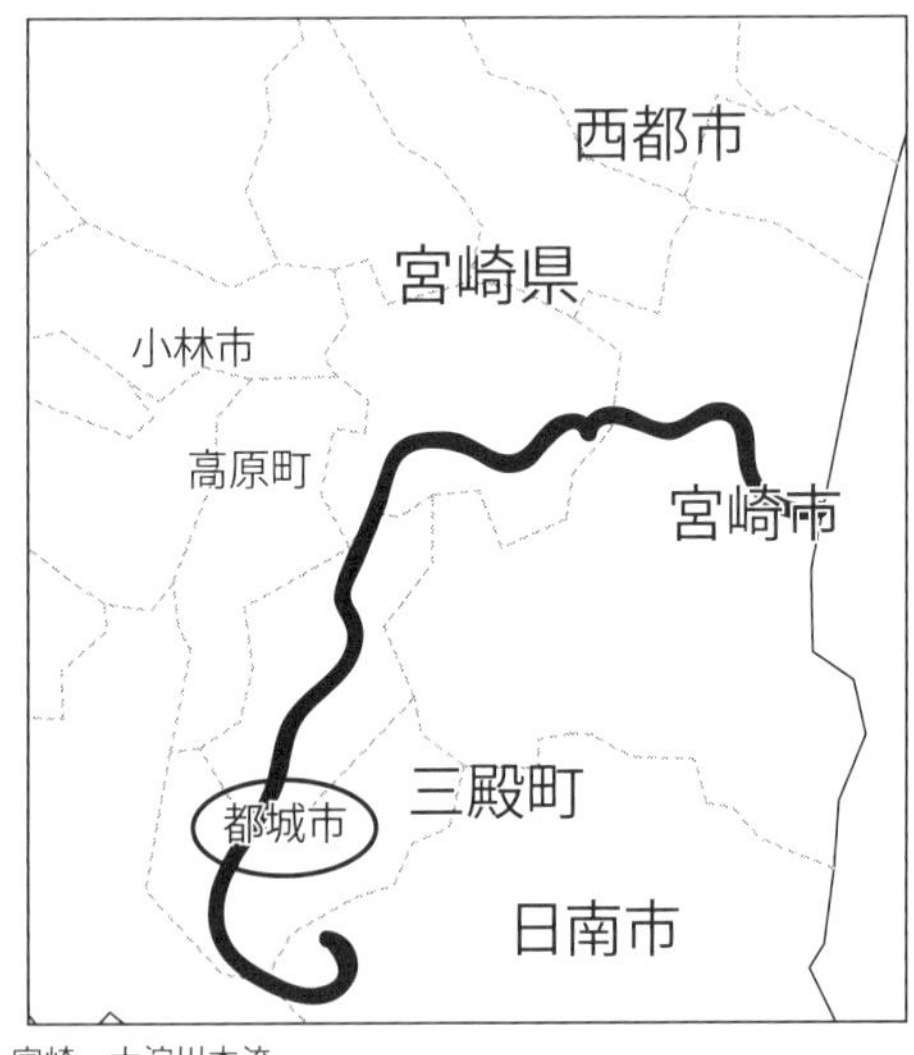

宮崎、大淀川本流

爆撃に耐えきった橘橋の現在を実写

その橋橋の近く（今は観光ホテルが立ち並んでいる所）の川岸のコンクリートの堰（せき、水量調整する堤防）の高さが十メートル位で、川下に向かって傾斜になっていて夏場になると、その斜面の水中に十～十五センチになる「大型のハゼ」がじっと静止しているのが見える。エサは「ミミズの切れ片」（二センチ程度にちぎり切ることで半身だけ持っていかれてしまうことを防ぐ）を釣り糸の針に付けて近づけるとよく釣れた。

橋橋から大淀川沿いを上って行くと、川の流れに沿って石や砂で平地になっている和知川原（わちがわら）と言われている所には、エビ釣りに行った。川岸に打たれている丸太の杭の辺りは流れがよどんでいて、そこに「川エビ」が身を寄せ合っているのが手に取るように見える。例のミミズの切れ片の釣り針を向けると、すぐにくっ付いて来る。

釣れたハゼもエビも家に持って帰った。母スエが夕食のおかずに焼いてくれ、食糧難の当時では一家の食卓のメインとなり喜んで食べたものだ。

ヤッちゃん家も同じように満たされていることだろう。

但し、時々はエビの腹にミミズの切れ片が残っていた。

⑦非業の死

義博六歳の時、一九四一年（昭和十六年）十二月八日、「太平洋戦争」が勃発します。日本海軍が、ハワイ真珠湾のアメリカ海軍艦隊を攻撃し始まった戦争です。

それよりも前から、世界は不安な道のりを歩んでいました。

その中心役になるドイツは第一次世界大戦に敗北し、世界恐慌にも見舞われた状況打開のため、ファシズム（独裁政治）を掲げるナチス党のヒトラーが一九三九年にポーランドに侵攻したことで、ポーランドの同盟国イギリス・フランスとの間に第二次世界大戦が始まり、攻勢を強めるドイツは瞬く間にヨーロッパ全土に勢力を拡大していきます。

そのドイツが勢いづいている同時期に日本は満州国を建国していましたが、これに反発した中国との戦争が泥沼化していました。

および、欧米の統治下にアジアが置かれている事に対して、「欧米諸国によるアジアの植民地を解放し、大東亜共栄圏を設立して自立を目指す」という理念と構想を元に、実行しているアジア各地での「日本による戦争は侵略戦争である」との評価を受け孤立します。

そこで、日本はドイツと同じくファシズム国家のイタリアとも手を組み、一九四〇年に「日独伊三国同盟」を結ぶことにしました。

しかし、そのことでイギリスと歩調を合わせる「アメリカからの経済制裁と政治的要求」を受ける破目になって行きます。当時、日本は石油・鉄ともにその約七〇%以上をアメリカからの輸入に頼っていましたが、制裁を受け石油・鉄・工作機械という重工業および軍事面で重要な物資が輸入出来なくなり、更に「在米日本人の資産も凍結」されてしまいました。

これらの制裁解除の条件として、中国からの撤退や三国同盟からの離脱等を要求されますが、飲むことが出来ず一九四一年（昭和十六年）に日本は開戦を決意したのです。

始めは、日本軍はマニラ・シンガポール・ジャワ島などを占領して行きますが、一九四二年（昭和十七年）六月五日~七日にかけてのミッドウェー島攻略をめざす日本海軍をアメリカ海軍が迎え撃つ形で発生した大海戦では、激烈な航空戦が繰り広げられましたが、結果、日本海軍は三千五百七名が戦死、投入した空母四隻とその搭載機二百九機の全てを失います。ここからは一転、アメリカの猛反撃を受け続けることになります。

もともと、日本は物資に乏しく、長期化すれば勝てる見込みはなかったのです。

人口・資源産出量の比較				
	人口	原油	石炭	鉄鉱石
日本	7193万人	28万トン	5647万トン	76万トン
アメリカ	1億3167万人	1億8950万トン	4億6391万トン	9389万トン

軍事力の比較：1943年				
	陸軍兵士	海軍兵士	航空機	軍艦
日本	290万人	68万人	9100機	140万t
アメリカ	699万人	211万人	6万5900機	280万t

出典：『図説ユニバーサル新世界史資料』
絶対的な差がある事は数字で明らかだ。

開戦時当初から連合艦隊司令長官、山本五十六（いそろく）海軍大将は、「日本は開戦から半年もって一年は優勢を維持できるが、それ以降はアメリカの国力が日本を圧倒する」と述べ短期決戦早期講和を目指していたが、ミッドウェー海戦での失敗、大敗北により実質短期決戦は不可能となったため、大本営・参謀本部・軍令部は長期戦を主軸とした戦略への転換をせざるを得なくなりました。

実はミッドウェー海戦に勝利し、その勢いでハワイを本格的に奪取することで、世界から取り残されている現状を打破する講和を勝ち取る礎を築こうとしていたのです。

戦局が悪化するにつれ全国で空襲が始まり、義博の家の庭に最初の防空壕が出来た。父巳義は、広さ二畳・深さ背丈の半分くらいの穴を掘って、雨戸を数枚被せ更に畳を重ね、枝葉でカムフラージュした「ちゃちなもの」で、近くに軍司令部が建っているから敵機が襲って来ると予想してとった策がこの程度のものであった。

一九四五年（昭和二十年）三月十八日、この日は宮崎県が初めて空襲を受けた日になる。午前六時頃、艦載戦闘機「グラマンF16F」（愛称、Hellcat〈ヘルキャット〉は直訳すれば「地獄の猫」）が上空に暗い影を見せ、日南市や宮崎市が襲撃された。

更に、他に類を見ない高性能爆撃機「B‐29」（愛称、Superfortress〈スーパーフォートレス〉は直訳すれば「超空の要塞」）が太平洋戦争終盤の日本全土に大打撃を与え続けている中での、一九四五年（昭和二十年）五月十一日、そのB‐29が宮崎の義博達学童にも直接の被害を与えた。

その日は学校の授業が早めに終わり、義博が校庭から裏門を出たところで、突然、豪雨が降り出したような「ジャージャー」という音が上空に響き渡ったかと思うと、地上で

正式な記録が残っている。典拠資料『鉱脈』

「午前6時頃、空襲警報のサイレンが鳴り響くと同時に、敵艦載機グラマン十数機が宮崎駅付近を機銃掃射し始め、続けざまに約800機のグラマン等米機が来襲、赤江飛行場（現、宮崎空港）や飫肥杉（おび杉）を使ったパルプ工場（現在の新王子製紙日南工場）、外の浦造船所などが機銃掃射され、多くの死傷者が出た。」

その日以来、宮崎市は終戦までの間、計31回の様々な空襲を受け続けることになる。

（注釈：飫肥杉はかつての飫肥藩が日南で植林をはじめた杉）

は辺り一面、爆風による砂塵の煙で一寸先も見えない状態になった。

間髪入れずの二発目では右後方からの強烈な風圧を直接感じ、学校の外壁のコンクリートの破片と伴に宙を舞い、道の真ん中まで持って行かれた。

だが、意識はある。ヨロヨロと立ち上がり道の向こう側にある家の防空壕に飛び込んだ。

そこには、既に避難していた母スエと同年代くらいの女の人が先に入っており、「血が出ているよ。」と声をかけてきて、簡易の薬箱から取り出した綿花で義博の額の流血をしっかり止血し赤チン（当時の消毒液）で消毒、ガーゼで保護しテープで固定する手早い処置をしてくれた。

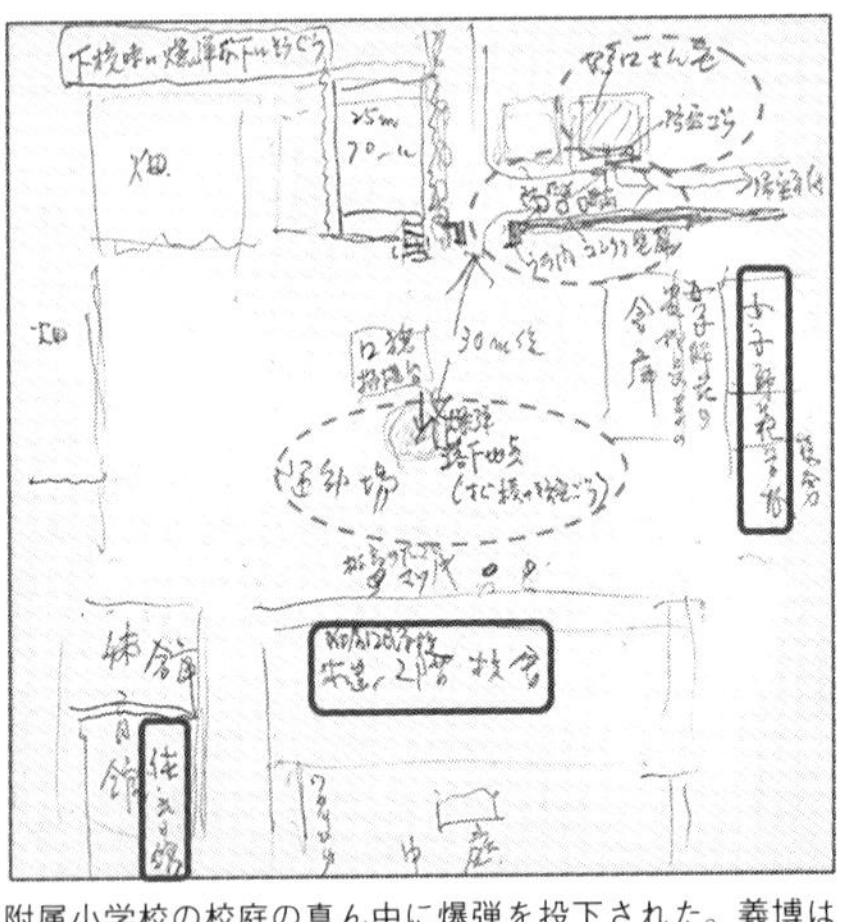

附属小学校の校庭の真ん中に爆弾を投下された。義博は右上の壁の向こうで、その爆風に遭い、近くの野口家の防空壕に飛び込んだ。右手に女子師範学校、手前が小学校校舎、左下に負傷者が手当を受けたり、遺体が安置されたりした体育館：義博寸描

少し落ち着いてきたら、もう一人いるのに気付く。防災頭巾の中から心配そうな表情でコチラを見ている瞳に出くわし、その子が「野口奈々」であることに驚く。「ヤッちゃんは？」と聞い

て来たので、「これから、一緒にハゼ釣りに行く。」と、トンチンカンな返事をしてしまったことに急に恥ずかしくなり、その母親に簡単に礼を言い残し、そそくさと防空壕から這い出して、一目散に砂利の帰り道を走り無我夢中で自宅に戻った。

戻った自宅は無事で、母スエと二時限目の授業までで既に帰宅していた小学二年の弟信義が待っていたが、十分もたたない内に隣の坂田さんの家が騒がしくなり母スエがそこに飛んで行った。「校庭の真ん中に造られた防空壕でヤッちゃんが死んでいるのが見つかった。」との知らせである。

信じられない義博は夕刻こっそり一人で学校を見に行った。遠目にも女子師範学校と附属小学校が破壊されているのが確認でき、近づくと学校の裏門のコンクリートの壁は粉々に吹っ飛んでいて、校庭に目を向けると真ん中に造られていた防空壕

正式な記録が残っている。典拠資料『激動二十年・動員学徒の回想録』、『宮大工学部沿革』、『鉱脈』

空爆年月日　　1945.5.11
来襲機の種別および機数　　B-29　機数不明
主な被災地域　　宮崎市
被害の状況
B29 が雲上から爆弾投下。宮崎師範学校校舎が破壊され、生徒 6 人が爆死。また教師に引率され帰宅中の男子師範学校附属小学校児童 12 人が江平池のほとりで、女子師範学校附属小学校児童 3 人が防空壕内で直撃弾を受け、幼いいのちを散らした。宮崎工専校舎も空襲を受けた。宮崎駅付近、師範学校付近、宮田町、旭通、県病院付近 (中略) に大空襲があり、大きな損害を受けた。死者 21 人

は直撃され、直径十メートル、深さ三メートル位のすり鉢状の穴と化していた。校舎の隣の体育館に死者・負傷者が収容されていたが、巡査や役場の者に立ち入りを禁じられ、ヤッちゃんを探すことは出来なかった。

翌日、宮崎神宮の手前にある近くの寺で女子師範学校附属小学校児童三人の葬儀が行われ、たくさんの子供と親たちが集まっている中に、野口奈々がいるのをいち早く見つけた。母親につくってもらったのであろう良い生地の黒の着物が色白の顔を引き立たせている。時折、義博は目を配ったが、奈々はずっと目を沈めたままだった。

それどころか、その日から高熱を出した義博は一週間寝込んでしまった。

義博がようやく起き上がることが出来た日に宮崎はＢ‐29の再来襲を受け、その焼夷弾で女子師範学校と附属小学校は完全に崩壊した。

⑧姉達三姉妹への想い

宮崎市をほぼ廃墟にさせた空襲の時には、姉三人ともが勤労奉仕で市外に出ていたため無事であった。宮崎女子師範学校体育教諭の父巳義も、全生徒を連れて別の勤労奉仕に出ていたので直接の被害なく助かっている。

家族全員無事であった上に、一ヶ月後には三人目の男の子義彦が誕生する。戦時中であるが故の男子出産は祝われた。これで、巳義とスエの子供は女三人、男三人の六人となる。

長女陽子（ようこ）は進取の精神に満ち、父巳義の勤務先になる金沢や宮崎の師範学校の教材を使って入学前から先取りでどんどん学び、父と同じ教師を目指し女子師範学校にトップの成績で合格し、卒業式にも代表の挨拶をしている。

戦後しばらくし、縁談で知り合った宮崎の病院医師と結ばれる。みすぼらしい巳義宅の縁側の前で両家の親戚と撮られている結婚式の写真が残っているが、逆にこれが、姉が立派に生き抜いた証に思える。

こんな事もあった。姉は中学校の学芸会で「可愛い魚屋さんの踊り」に出るのに私服の着物が必要であったが、母スエに踊り用の新しい着物がいることを言い出せなかった。ギリギリの前日夜遅くに、とうとう我慢しきれず母に伝えた。スエは大家さんから明るい色の反物を頂戴して来ると、（実はスエはなけなしのお金を払おうとしたが、大家さんは受け取らなかった）娘の最後まで自己を抑え、耐え忍ぶ性格を分かっているので、とやかく言わずに徹夜で着物を縫っていた。

一生に一度きりの青春期に、両親を助け妹弟達の面倒を見続けてくれた姉陽子であった。

次女和子（かずこ）は自立心が強く、中学生の時期から学校の休みの日には、着付けや髪結いのお店の手伝いをして自分で小遣いを稼いでいた。姉の顔の自然な形の眉は美的な曲線を描き、その下の目は「アーモンド形（目頭と目尻がクッキリで目の横幅が広い）」、パッと見たときに「目が大きい！」という印象を与え、眼光鋭く、かなりの観察力を持っており、普通の人が気づかないところまで先を読み取ることが出来ている。

更に中心の鼻立ちも整っている美人で、人付き合いが広く年中忙しくしていた。よく通る声質で口調も明確、先頭に立つタイプであったのが功を奏し、戦後日本の急成長期には経営する美容サロンを拡充させ、某化粧品メーカーにおける売上げで全国トップの座を幾度も重ねる。姉和子の経営力には恐れ入るものがある。

三女道子（みちこ）も容姿に優れていた。白目に濁りがなく澄んでいるので黒目が際立ち「目が綺麗」だ。さらに笑うと頬が少し盛り上がるところが彼女を健康的に見せる若々しい大人びた顔立ちの正統派美人で、優しく穏やかな性格も兼ね備えている。

その評判は近所に留まらず、市外の遠方からも彼女見たさの男連中が、中学校の下校時に校門の前をウロウロし出したことで、学校の近所の人から警察に「風紀が悪くなり迷惑している。」と通報が入るようになり排除されるほどであった。

美人であることの自我意識はなかったが、数多く付きまとう周りに対しうまく対処しきれず、自ら積極的に話をすることが無くなり物静かになっていった。

成年を迎え惹かれるようになった相手は、むしろ自分にチヤホヤして来ない冒険家の男であった。その冒険の宿命なのか、背中後方で単発のプロペラを回転させ推進力を得る飛行体による自作自演の単独乗りでの撮影中に突如墜落し、一瞬にして命を落とした。新聞はこの事故を大きく報じる。

短い夫婦生活であったが、二人の間には男児を授かっていた。その後、姉道子は女手一つで一人息子陽一郎（よういちろう）を懸命に育て上げる。

道子のことは、このあとの義博の大学生時代でも少し触れています。

⑨奈々への想い

ヤッちゃん、野口奈々、義博の三人は小学一年から四年時の五月十一日（ヤッちゃんがやられた日）までの約三年一ヶ月の間、同じクラスであった。

男子女子の各一列が交互に並ぶ席割りになっていて黒板から見たら、野口奈々を挟んで左横にヤッちゃん、右横に義博の配席になる。

ヤッちゃんは屈託なく「なな、なな」と話しかけるが、義博にはそれが出来ない。

美人の姉達に可愛がられ受動的立場でいられるように育てられたせいか、対峙する同級生の女の子には可愛いと思っても、自らそれを素直に表現することを控えてしまう。


野口家は母親ミネ、姉と奈々の女家族三人で暮らしていた。

義博はずっと後になって知ることになるが、父親、野口徹六（てつろく）は九州帝国大学（現、九州大学）医学部を卒業し宮崎の病院に勤務中、同じ病院で働いていた地元のミネと結婚し二人の子供を育てていたが、太平洋戦争の五年前から起きていた日中戦争時に九州帝国大学に単身赴任し、中国から帰還してくる負傷者・疾病者を受入れ、その治療の激務が重なったことで突然倒れ、宮崎には戻ることはなかった。徹六の実家は造り酒屋で、佐賀県多久（たく：佐賀県中心部の盆地）にあり、そこで葬儀が行われている。

当時、幼児の奈々はその葬儀には参列出来ていない。


一九四五年（昭和二十年）五月十一日B－29空爆時に義博が飛び込んだのが、小学校裏門のすぐ近くにある、その野口家の防空壕であった。

そして次の日の小学校合同葬儀を最後に、しばらく野口奈々を見かけなくなった。

小学校が崩壊したことで、義博は北に一キロ程先の下北地区にある一夫（通称カズちゃん、二つ下）の家で授業を受けるようになり、そこで寝泊まりもする疎開生活になる。

女子はどこか遠方のお寺だった。


そんな折、久しく行われていなかった上映会が近くの寺であるというので、大人子供が大勢集まった。その中に野口奈々を見つけて以前から聞きたかったことを、声を詰まらせながら、やっと口に出すことが出来た。

「名前の奈ってどういう意味になるの？」、その返事は「リンゴだよ。いい香りがするんだって、お父さんが言ってた。」と父徹六が言い遺した奈々の短い記憶であったが、義博にとっては話が出来たことだけで十分に満足が得られた。


映画は日本軍が英米軍をやっつける相変わらずの内容に仕立てられているが、久しぶりの娯楽にありつけ皆が楽しんでいたその最中、寺の大広間の畳が人の重さに耐えきれず真ん中から、すり鉢状に突然陥没した。

丁度、そこに座っていた義博は必死に這い上がった。爆弾でなくて良かった。

会えることは無くなったものの、奈々のことは心ひそかに忘れてはいなかった。

かつて金沢から宮崎に転居する際、姉道子が友達からお別れの記念としてもらった金沢の工芸品になるコケシが玄関脇の棚に置かれている。
毎日見かけていたもので気にも掛けていなかったが、そのコケシを見ると「奈々が、にじんで見える」ようになってきた。

円筒にかたどられた細身の体肢に巻かれた加賀友禅の着物には、黄色の帯が締められている。小さな顔は淡いほお紅をさし目は少しうつむき加減で愛らしく、白く明るい顔全体の中で小さな唇の赤が際立った印象を与えている。

提供：金沢市ひがし茶屋町、金澤こまちの加賀友禅こけし
着物の生地は、店主の父になる加賀友禅作師：新納知英氏のものになる。
絵付けが楽しめオリジナルのコケシが誕生する。

カリンの果実はいい香りを放つ。

義博の家の近くに宮崎農林専門学校の学生さんが下宿をしていて、雨の日には、そこで植物の話を聞いたり、本を読んでいた。なかでも『牧野日本植物図鑑』に一番興味があり、いつもの様に見ていた図鑑のイバラ科の中に「花梨（カリン）」がでている。

花期は三月～五月頃で五枚の花弁からなる白やピンク色の花を咲かせ、十一月頃に収穫する果実を部屋に置くと芳しい香りで満たされる。そのままでは食べられないので、カリン漬けやカリン酒にする。主に長野県で生産されているリンゴに似た果実である。

義博はこれが「奈々が言ってた、リンゴだ！」と悟った。その勢いで学生さんに向かって、思わず「奈々が出ている！」と声を上げてしまった。

次には辞典で奈の字を探し、ますます理解を深めた。但し、ひそかに勝手に調べた事を知られたくなかったので、この事を奈々に伝えることはしなかった。

注釈：「日本の植物学の父」といわれる牧野富太郎（まきの　とみたろう）は、一八六二年五月二十二日（文久二年四月二十四日）土佐国（高知県）に生誕、生まれた五月二十二日は「植物学の日」に制定されている。一九四〇年（昭和十五年）七十八歳で研究の集大成である『牧野日本植物図鑑』を刊行。この本は改訂を重ねながら現在も販売されている。

⑩終戦を迎える

一九四五年（昭和二十年）八月十五日、夏の暑い日中、女子師範学校の校長宅で玉音放送を聞いた。日本の降伏が国民に公表されたのである。

校長宅には手作りの精米道具があり、手伝ったら米を少し分けてくれると言うので義博は作業をしていた。

茶の間の軒下で、柄（え）の長い杵（キネ）にシーソーのように支点をつくり、片方側に乗っかって杵を上げ離しては臼（ウス）の米を突く、もみ殻取りをしている時に、茶の間のラジオから天皇の声が聞こえて来た。

聞きづらい玉音放送では「戦争は続くのか、果たして終わるのか。」の判別がつかない。

その日の夕刻、母スエは義博と一緒に近くの軍司令部に行き、門衛の兵隊さんにラジオ放送のことを訪ねたら、兵

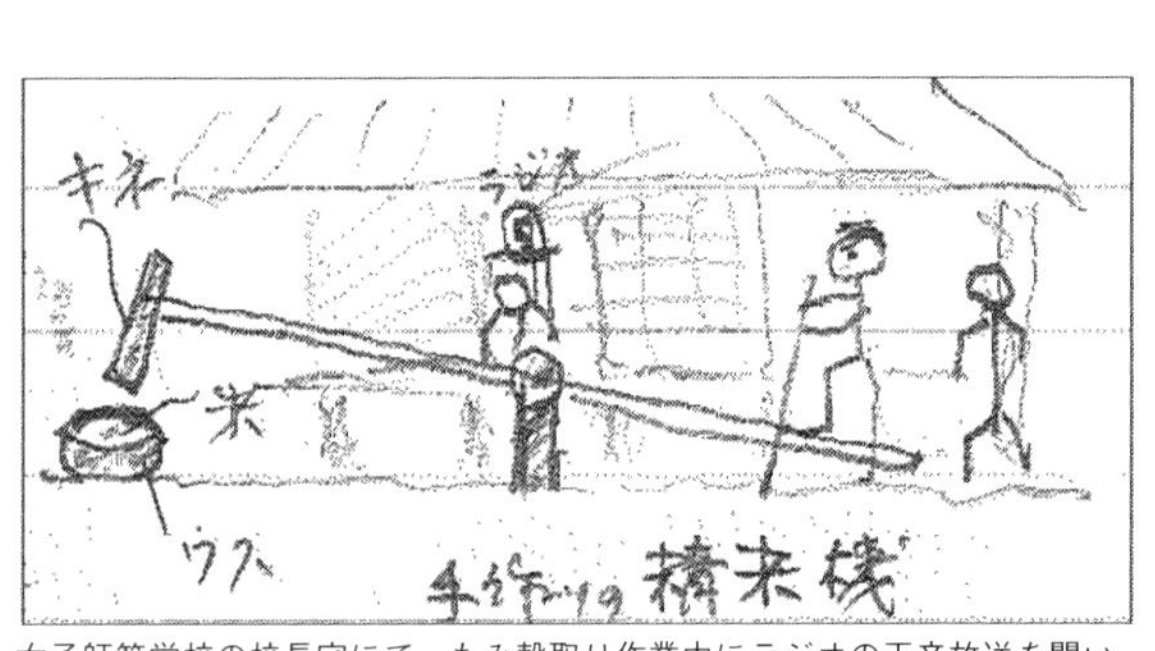

女子師範学校の校長宅にて、もみ殻取り作業中にラジオの玉音放送を聞いた。：義博寸描

隊さんは「戦争は終わりました。」と短く答えたのに、母さんが小さな声で「ああ、よかった。」と言ったのが印象に残った。

家に帰ってみると、近所の人々がいろいろ話し合っていた。みな非常に憤慨している。ヤッちゃんを失ったおばさんは、「あの子の仇だけでもとりたかった。」とむせび泣き、かわいそうで見ていられない。痛風で半身が不自由なので召集されなかったおじさんは、杖を地面に叩きつけ出兵できなかった自分を悔いていた。周りの者も「ありったけの兵器を特攻に使い、憎き敵、撃滅をはかるべし」と一揆盛んに騒ぎ立てだした。

それが夜には一転し、「アメリカ軍が日向灘（宮崎県海域）に上陸して、女の人が捕まえられ連れ去られる。」という噂話から始まり、「特に女子学生は宮崎市から離れ、遠くの山奥に集団避難するように」との流言が飛び交い、ついには「急いで用意しろ」の緊急指示に発展して行ったので姉達を含め町中が大混乱になった。

戦争が終わった日本全土は無尽蔵の爆弾で焦土と化し、莫大な数の死傷者、産業は壊滅、そして生き延びられたとしても想像を絶する貧困など、かつて「アジア唯一の雄」と評された先進国日本の姿は見られなくなっていた。

第三章　人が生きる時代

⑪戦後再開された教育

義博の家から、すぐ斜め前に位置する隣組組長宅の二階に「国民学校」が新設され、年の差なく児童が集まり、各人が机・椅子を家から持ち寄って戦後教育の授業を受けることになった。

新聞紙くらいの大きさに一面印刷された紙面を折り畳んだものが配布され、それを広げて科目毎に縁どられている境界線に沿ってハサミを入れ、記された順番通りに揃えると臨時の教材になる。所々が黒く塗り潰されており、拠り所の無い手探りの教育になっていたことは明らかであった。

授業が始まって一ヶ月も経たない頃に日本に押し寄せた台風は猛烈で、国民学校になっていた家が倒壊していくのを、義博は自宅の窓ガラス越しに見ることになります。その年の「枕崎台風（まくらざき台風）」は、一九四五年（昭和二十年）九月十七日、昼二時頃に鹿児島県川辺郡枕崎町（現、鹿児島県枕崎市）付近に上陸して日本を縦断した台風で、室戸台風・伊勢湾台風と並んで昭和の三大台風のひとつに数えられています。

終戦後わずか一ヶ月で襲来した台風に対する防災の手段は皆無でした。気象情報は途絶えていて、治山治水事業も放置され、戦争時の伐採で大雨に弱くなっていた山々では土石流が多発、河川は無数に決壊します。特に原爆被災直後の広島県での被害が最大になりました。値打ちがなくなっていた広島市街地の瓦礫の山を水没させ辺り一面を大きな湖に変貌させたのです。日本全土で死者二四七三人・行方不明者一二八三人・負傷者二四五二人。

それでも日本の学校教育は、良くも悪くも時世・環境の実態に合わせ弛む（たゆむ）ことなく、その道を歩んで来たし、将来も学問の道を切り開いて行く。

隣組組長宅が倒壊したことで、今度は宮崎農林専門学校（宮崎農専と呼んでいた）の養蚕（ようさん）実験棟で国民学校は再開される。その実験棟の軒先に、広島に落とされた原爆によって被爆死亡した児童の砕けた弁当箱が焦げた中身が見えるように展示された。

広島平和記念資料館には重要な「お弁当箱」が残されています。

一九四五年（昭和二十年）八月六日、いつも通り学校に集まった広島の各学校の児童たちは、家で作ってもらった昼のお弁当を持って勤労奉仕の作業場に朝から出向いていたのです。

県立広島第二中学校一年生の折免滋（おりめんしげる）さんは、「建物疎開」という火災の延焼を防ぐために予め建物を取り壊して空地をつくるという作業中に突然の熱線と衝撃波（わずか十秒で全域を闇に晒した）に見舞われます。

その弁当箱は、骨になった滋さんを母親が見つけ出した時、その遺体の元にあったのです。お弁当の中身は、米・麦・大豆の混合ごはんと油炒め。滋さんはお弁当を楽しみに家を出ましたが、これを食べることは出来なかった。母は息子の哀れさ（あわれさ）を感じ「せめてお弁当くらいは食べてほしかった。」と涙が治まりませんでした。

食されなかったお弁当箱には、「戦争が残した悲惨さを感じてほしい、二度と戦いを繰り返さないように。」との願いが込められています。

そんな大人の配慮空しく、子供は喧嘩をする。宮崎農専は義博達の女子師範学校附属小学校出身者の他に男子師範学校附属小学校出身者も借りていた。

しょっちゅう、いがみ合い、喧嘩になった。それも束の間、宮崎農専の実験棟は不審火によって全焼した。

その次は、宮崎県庁の角を曲がって旧医師会館の先を南に折れたところにある宮崎市立第一国民学校に移りその一部を借りたが、そこでも家主の第一国民学校の連中と石の投げ合いの喧嘩をした。

子供の喧嘩でも怖く思え、止めるのが大人だとする意見は間違いになる。

この自然の本能的な部分は人間の成長に欠かせない所で、ヘタに抑え込むと生きる力を削ぐことになる。

「戦争という大喧嘩」をした大人たちは辛く痛い思いをしたことを悔いているが、「子供がする喧嘩」の本意の方は分かっているので、大人たちは子供の喧嘩は放っておいた。

⑫アメリカ進駐軍とのふれ合い

第一国民学校から下校中の通りがかりにある旧医師会館（西洋風鉄筋コンクリート造り）を進駐軍は司令部としていて、その前に駐車している無線アンテナを前後に付けたジープを物珍しくのぞき込んだ。そのジープやアメリカ兵士に近づくと特有の匂いがしたが、嫌な感じはしなかった。

宮崎神宮の一の鳥居近くの料理屋の二階で、数名の米軍兵隊さんが度々宴会をしていたので、弟達を連れ三人で皆が群がっている中に割り込み待っていると「チューイングガム」を放り投げてくれた。

又、県庁近くの橘通り沿いの鶴屋旅館（当時、宮崎で一流）には、兵隊の上官になる将校達が出入りしていた。

その旅館の前で、親に駄々をこね泣きかぶれている幼児に、ひとりの将校がお菓子を与えて、大きな手でやさしく頭を撫でている光景に出くわしたことがあり、そのことを義博が文章にして、同級生の俊夫くんが描いたものが、日向日日新聞（ひゅうがにちにち新聞）に掲載された。

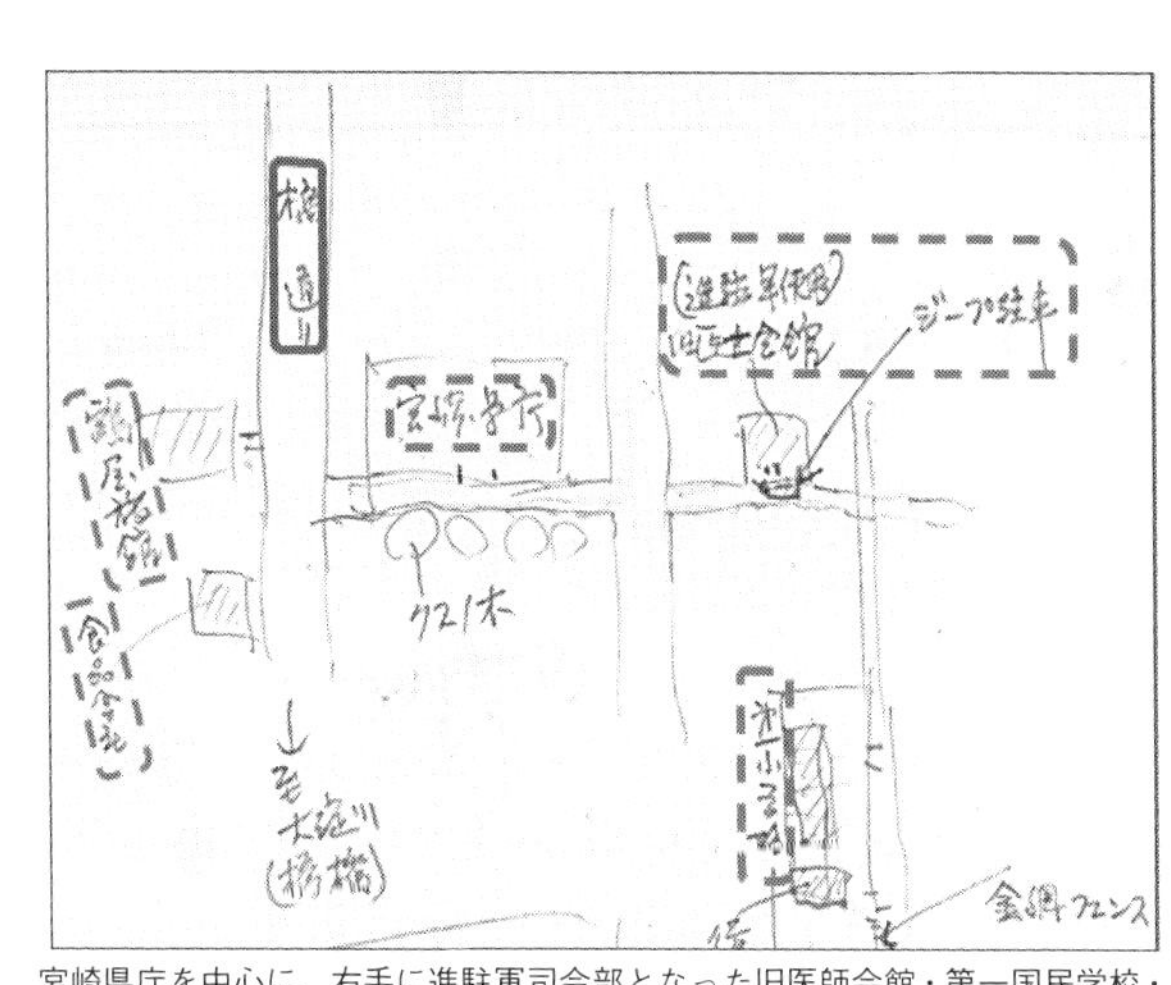

宮崎県庁を中心に、右手に進駐軍司令部となった旧医師会館・第一国民学校・橘通りを挟んで左手に鶴屋旅館・のちに火事に遭う食品会社：義博寸描

爆弾でやられたヤッちゃんのことを想わない日は無かったが、進駐してきた生身のアメリカ人達と接して行く中で、「憎悪」に満ちていた気持ちが「親しみ」に中和され静められ

て行く。

そしてのちに、義博自身が渡米して、直接アメリカを目の当たり（まのあたり）にし、その高い国力を感じる役割を担う運命が待ち受けていようとは知る由もない。

⑬そして、ベースボール

一八七一年（明治四年）に来日した米国人英語教師ホーレス・ウィルソンが第一番中学（現、東京大学）で、アメリカで発展していたベースボールを教え、全国的に広まって行った。その後、第一高等中学校（現、東京大学教養学部）の野球部員であった中馬庚（ちゅうま かのえ）はベースボールを「野球」と命名している。「学生野球の育ての親」と呼ばれ、その功績から野球殿堂入りしている。あとで著書『野球』の名文を熟読する。

広まったベースボールは、戦前の子供たちも「野球遊び」として取り入れていたが、「戦中の非常時に野球とは何事か！」と、軍部の非難の的となり禁止となってしまう。「戦後、野球遊びの復活」となるが物資が乏しく遊びの道具などの既成品は無く、全て自分たちの手作りになる。

「グローブ」の原資は旧日本陸軍から流出した軍需用のカーキ色の分厚い布切れで、それを手の形に切ってワタを詰め縫い合わせたもの。この時代の小学生高学年ともなれば、皆自分で作れていた。

「ボール」は石ころを真ん中にして、ワタで包んで布で丸になるように縫い合わせる。

「バット」は丸太を削ってその形にする。

「球場」は自宅近くの砂利道。

「選手」は近所の同級生とその弟達。

又、復活した社会人野球を見物しに県営球場（現、宮崎市中央公園）によく行って、応援したのは宮鉄（宮崎鉄道管理局）で、鹿鉄、大分鉄、門鉄、福岡の炭鉱会社などと対戦する公式戦を熱心に観戦していた。ある日、野球場で大便をもよおし、走って家に帰ったが間に合わず手前で出てしまった。誰にも見つからぬよう風呂場でパンツ・ズボンを洗い干し着替えて、球場に戻り気付いていない弟達と澄ました顔で観戦を続けた。

野球は団体勝負でありつつも打席では個人勝負、武術の一対一のマッチアップに通じるものになっている事が日本人の気質に合っているのだろう。義博も夢中になった子供の一人であった。

よくやっていた三角ベースボール：義博寸描
本来の二塁ベースは無い。狭い空き地で少人数で遊ぶために、そのルールが決められている。その内の一夫君（カズちゃん）は宮崎県立大宮高校の硬式野球部のエースピッチャーとして活躍し、地元新聞にたびたび掲載されるようになった。

前述に紹介した中馬庚は著書『野球』で各ポジションの重要性を説き、それに応じた技術のみならず精神をも備え持つことを職責とし、難関を処せよ、と訓じている。

野球のことではあるが、通常の社会生活・企業活動にも通じるものがあるようだ。波に乗っている時は、いい按配（あんばい）で事が進むが、一旦情勢が変わった時には、平常心を持って対処すべしとしている。

特にキャチャーに関しては、『**九人中最難ノ所ニシテ亦最険ノ所ナリ、職ニ此レ難関ニ当タル士ハ豪膽鋭眼**（ごうたん〈胆〉えいがん）、**擧止明快**（きょしめいかい）、**剛力ニ富ミ而シテ**（しかして：加えて）、**冷静ナランコトヲ要ス。キャッチャーノ職ハ、恰モ**（あたかも）、**舟人ノ如シ、清風軟波千里漾々**（ようよう）**タリ、漁歌貪眠**（いい加減にできるの意）、**猶以ッテ、彼岸ニ達スルヲ得ベク、**（目的に達するの意）**ソノ難トスルトコロハ、唯暗潮雲**（ただあんちょううん）**ヲ呼ビ、烈風白波ヲ漲ラシ**（みなぎらし）、**帆綱緊張シテ、巨檣**（きょしょう：巨大な帆柱）**傾斜スルノ際ニアリ、故ニキャッチャータルモノ平常アルベシ。**』

次の一節では、試合を勝利に導くのに、その重要な担い手になる者同士は日頃からお互い理解し合っていれば、全体が乱れても整然と対処することで、元に戻せると述べている。これも一理で、リーダー同士の揺るがない信頼・行動が混乱している社会を正す、と拡大解釈できる。

更に、ピッチャーとキャッチャーの **Battery**（バッテリー）にも、重きを置いている。

『**二人ニシテ一人ナリ、異躰**（いたい）**ニシテ同心ナリ。此二人**（このふたり）**ハ、技術ニ於イテハ**（おいては）**固ヨリ、相提携シ私公ニ於イテモ亦、親昵**（しんじつ：親交の意）**シ、互イニ其ノ強弱習癖ヲ熟知センコトヲ要ス。**

【中略】全軍ノ陣形ハ如何ニ亂ルルモ（みだるるも）、**二人ノモノハ常ニ整々トシテ其ノ責ヲ完フシ**（まっとうし）**必ナラズ、狂瀾ヲ既倒**（きとう：形勢がすっかり悪くなったのを再び元に戻すの意）**ニ、支ウルノ大ヲ奏セン。**』

⑭苦節を歩み出す

橘通り（たちばな通り）を南に下り県庁を通り越したところに、食品会社の倉庫が残っていたが戦後まもなくして火事になり、道路側に溶け出した砂糖が二センチくらいの厚みになって固まっているのを、姉達と一緒に石ころで叩き割り家に持ち帰って食べた。煙くさく、砂が混じっていた。

「配給」は麻袋か藁俵（わらたわら）に入れられた唐芋（からいも：サツマイモのこと）が隣組十軒位の単位で来るのを、砂利道の端でひと山ずつにして各世帯に分けていた。「家庭の食事」は少々の米に千切り大根（ダイコンを細切りにし広げて天日干ししたもの）を入れた雑炊（ぞうすい）、唐芋、カボチャで毎日同じものばかり。

戦後再開された「学校の給食」は、進駐軍が放出してくれた小麦で作ったコッペパンに同じく放出された粉ミルクをお湯で溶いた脱脂粉乳、落花生、出所不明の練り物などの栄養が薄いものばかり。

日本の学校給食の歴史は、一八八九年（明治二十二年）に山形県鶴岡町の私立忠愛小学校が貧困児童を対象に無料で給食を実施したのが初めてになる。おにぎり・塩鮭・菜の漬物だったが当時としては十分なもので、それ以降、子供にとっての給食の価値・評判が上がり全国に広がって行き、ご飯にも味噌汁にも、さまざまな具材（挽肉、里芋、多種の野菜）が入り、豊富な栄養素をしっかり摂れるように工夫されていた。

だが、太平洋戦争が始まると食べ物が不足し給食は途絶えてしまい、戦後再開された給食は「あてがっておけば足りるだろうとする、不摂生なもの」に成り下がってしまった。

宮崎市の隣、都城は人口十三万人（一九四〇年当時）の中規模な町だが、飛行場や軍隊の基地があったため空襲の標的となり中心街は焼け野原となった。

母スエの実家が所有する都城の早鈴町の土地に、父巳義が自費で建てた家は幸い被災せず、そこに住まわせていた母親、妹、弟夫婦の四人も無事であった。

その都城まで巳義とスエは豆腐を買い出しに行き持ち帰って、宮崎の一の鳥居近辺の商店に売る行商を時々やっていたが、売れ残って「腐りかけたトウフ」を見るにつけ義博は空しい気持ちになった。

宮崎市から三十五キロ北に位置する川南（かわみなみ）地域にあった旧日本陸軍空挺落下傘部隊訓練所の空き地に、父巳義が芋畑を造った。

収穫には義博も花ヶ島駅（現、神宮前駅）から列車で川南へ一緒に出掛けて手伝った。肩にはリュックサック、両手も袋でふさがって、ようやく帰り着いた花ヶ島駅のすぐ横の小売り屋で厚さ三センチほどの黄色の「芋ようかん」が売られていた。

義博がチラッと眼をそちらに向けるのを見た父

軽便鉄道で青島海岸まで海水浴に行く。
出典：かつての湘南軌道、中里停留所跡の掲示板を撮影。その沿革史に「けいびん」ではなく、通称「けいべん」になると明記。

は、思い切ってわずかな持ち金をはたいて買ってくれた。そんな父の気持ちを今でも忘れない。

夏には小学生一同が三々五々（さんさんごご）、南宮崎駅に集合し、トロッコに毛が生えたような小さな客車三台を蒸気機関車が引っ張る軽便鉄道（けいべん鉄道：一般的な鉄道より簡便で安価につくられた鉄道）で青島まで海水浴に行った。非常に楽しかった。母が作ってくれたニギリ飯、醬油焼きされたスルメが大変おいしかった。

四字熟語になる「三々五々」の意は、「人が集まってくる、あるいは散らばっていく様子のこと」で由来は中国唐の時代の詩人である李白の詩、採蓮曲（さいれんきょく）の中の一節で、蓮（はす）を取りに来た人があっちから三人、こっちからは五人という表現に使用されています。

宮崎市立第一国民学校に通学する辺り一面は、空襲でそのほとんどが焼け野原と化し、空きになった土地に木造バラックの映画館が建てられ、「ニンジン」という外国映画を生まれて初めて観た。

フランスの田舎の村に末っ子として生れた男の子の髪は赤毛、顔中そばかすだらけであったため、家の者から「ニンジン」と揶揄（やゆ）され、いじめられ、バカにされ、蔑まれて（さげすまれて）いた。ついに納屋で首を吊って自殺を企てるほどの暗い内容だが、同じように家庭内で孤独感を抱いていた父親の人間的なやさしさに救われる。父にニンジンではなく「フランソワ」と実名で呼んでもらえた時、フランソワは沸き返す生命力に満ち溢れた。

この映画の主人公役のロベール・リナンは一九二一年パリ生まれ、撮影当時は十一歳です。そののち青年となり、ナチスに抑圧されていたフランスの抵抗運動に身を投じましたが、そのナチスに捕獲され二十二歳の若い命は尽きています。

又、父親役のアリ・ボールもナチスにスパイ容疑で拘束され拷問を受け、一九四三年に亡くなっています。第二次大戦末期には、ナチズムの創始者ヒトラーが指導した個人に向けた非人間的な行為による被害が次々に発生していました。

買い物の手伝いで醤油をひとりで買いに行った帰りの一の鳥居付近で、ビンが「スルリ」と手から離れ割れてしまった。家族に申し訳ないという気持ちがこみ上げ、その場に立ち尽くし義博は泣いた。トボトボと家に辿り着いたが、家の者は誰も叱りはしなかった。生きようとする弱き者を罰する権利は人には与えられていない。寧ろ、救済すべしになる。

戦前から続けられていたラジオ体操の放送が戦後途切れた時期があったが、それでも隣組の大人子供が早朝うす暗いうちに総出で集まり、放送無しで体操をしていた。「号令」をかけていたのは、父巳義であった。

敗戦で国民は疲弊しており、家族内・近所間の助け合いの中で「お互いの命」を何とか繋ぎ留めていた。そして、この苦節は幾年も続くことになる。

第四章　受け入れる命運

⑮ヤッちゃん、奈々との別れ

終戦翌年の春、ヤッちゃんのいない坂田家との別れが来た。

義博は親戚のように付き合っていたので、ヤッちゃんの父をおじさん、母をおばさんと呼んでいた。坂田家の行き先は大分県の佐伯（さいき）でおじさんの地元になる。

迎えに来たのは、ヤッちゃんの兄さん。陸軍幼年学校から陸軍士官となり東京の参謀本部で通信士となっていたが、その任務を解かれ占領軍の取り調べを受け、ようやく解放の身となったのである。

ヤッちゃんが亡くなって七ヶ月の間、母スエはほぼ毎日坂田家を見舞って来た。義博も子供なりに出来ることを考え、生け捕りした「メジロ」を持って行くと、おばさんがとても喜んでくれた。

坂田家の居間の片隅には、毎日一緒に遊んでいた元気な笑顔のヤッちゃんの小さな遺影と位牌が置いてある。もはや、これを見て拝むことが出来なくなるのか。

あの時、小学校の裏門を出ようとした時に、校庭から「よっちゃーん（義博の愛称）」と追いかけ呼びかけてくる「ヤッちゃんの声」が一瞬、聞こえたように思えて仕方がない。いつもの様に一緒に裏門から外に出なかったのか、助けることは出来なかったのか、校庭を見返しもせず野口家の防空壕から一目散に自宅に帰ったのか、自分はヤッちゃんを見捨てたのか……。子供に罪を負わせるのは酷になる。降り注いで来る爆弾には誰しもが逃げまどうか、孤立するかしかない。

兄さんが特別に大分県庁から借りて来た旧式軍用トラックで、旅立っていく三人と亡きヤッちゃんを見送った。

トラックが角を曲がる瞬間、「一筋の風」が最後に「あの声」を運んで来た。

ヤッちゃんは「メジロ取り」が好きだった。二人でヤンモチ（トリモチの木の樹皮部を剥ぎ取り、それをスリ潰しこねて作るもち状の粘着物）をつくり、メジロが止まりそうな横に伸びた枝を持つサカキの木の枝（その枝葉は神棚に供えられる神聖なもの）にベットリとヤンモチを付け、誘いにミカンの半割りを刺しておく。

しばらく待っているとメジロがやって来て餌に近づこうとした途端に、その足をヤンモチに持って行かれる。バタバタともがくが、力尽き最後に枝に宙ぶらりんになったところを捕まえる。

ちなみにメジロは初春に見られる鮮やかな黄緑色の小鳥で、その声も美しく「チーチー」他にも「キュルキュル」「ピーチュルチー」と鳴く。名前「目白」の由来でもある目のまわりの白い縁取りアイリングが特徴。同じく春の到来を告げるように「ホ～ホケキョ」と鳴くウグイスは警戒心が強く滅多にお目にかかれないのに対し、メジロには公園、庭先でも出会える。しかも、ツガイで現れたり、もっと多くの複数羽が密接になっている様子が見られ「目白押し」の語源になっている。

欲しくなるが、現在ではメジロを捕獲すること・ペットとして飼うことは禁止されている。

坂田家との別離の二年後、義博にも変化が訪れる。

父巳義の勤め先であった宮崎女子師範学校は、戦後二年以上経ち全生徒の卒業をもって廃校となりつつあった。

その一方、一九四八年（昭和二十三年）四月一日に新制高等学校「宮崎県立都城泉ヶ丘高等学校」が発足することになり、巳義はそこへの勤務が決まった。宮崎の隣、都城への転居になるが、ちょうど義博が中学校に入学する時期と重なる。

父から新任地が決まった事と転居の話を一家が聞いた時には、弟の信義は小学三年生の遊び盛りで友達と別れたくないとの一心で、一晩泣き通した。

家族全員の引っ越しの前に、巳義は高校の開設準備、スエは弟信義と義彦を連れ小学校の転入および中学新入学の手続き、長女陽子は都城に届いている荷物の整理で、既に五人は二週間前に先発していた。残された家族の出発は三月の中旬になったが、冬の余寒が続いている。幾度も爆弾を浴びた宮崎駅は完全復旧には至っておらず、駅舎と言っても臨時の小屋で寒風が吹き込む。

跨線橋（こせんきょう：鉄道線路をまたぐ橋）も再建中である。

次女和子、三女道子と義博の三人は、仮駅舎とホームの行き交いをするのに設けられた信号のない踏切を渡って、少しでも陽が差し込んでいるホームで汽車の発車予定時刻の一時間前から待っている。冬物の上掛けの着物も送っていたので、三人は身を寄せ合い、わずかな暖をとっていた。

姉弟の会話も途切れ掛かってきた時、同じように踏切を渡って来る三人の女性に真っ先に気づき「ハーイ！　マーコー！」と張りのある声を上げ大きく手を振り始めたのは次女和子で、相手の一人も同じように手を振り返して来る。

義博も見えている人達が何をもってして、こちらに向かって来るのかを瞬時に悟った。どうやら、姉和子とマーコ（奈々の姉真麻子）は友人のようだ。

そして年配の女性は空襲の日、飛び込んだ防空壕で額の傷を手当てしてくれた人であるから当然、奈々の母親ということになる。

挨拶も早々に、ミネ（奈々の母親）、マーコ、和子の三人は自由闊達な性格で気が合うのか、遠慮なく互いの将来の事を語らい始め、一方その中心から外れている三女道子、義博、野口奈々の三人は静かにしている。

義博は隣から聞こえてくる話題が防空壕に飛び込んで来た自分の事に及んだ時には、既にこわばっていた顔がますます硬くなり、二度と口が開かない状態になってしまった。


そうこうする内に、向かいの端に見える仮駅舎から駅員が出てきて、こちらに向かって「申し訳ございません。列車が少々遅れています。」と恐縮した面持ちで叫んで来た。

確かに既に発車予定時刻になっている。自分たちの話に夢中になっていた和子は駅員に向かって「どれくらい待つの?」と聞き返したが、駅員は「私では分かりません。」で、かみ合わない。「あなた今さっき、少々と言ったわよね。その少々を教えなさいよ!」とやり返した。姉の性格からして、この事態はマズい。

しかし、送別に来てくれた野口家の前で、これ以上、駅員を攻撃することは何とか堪えて気を取り直してくれた姉は野口家に向きを変え「本日は誠に有難うございました。もう十分ですよ。冷えますのでお帰り下さい。末永くお体をお大事になさってください。」と締めの言葉に切り替えた。

今度は野口家を代表して母親が、別れが切なく名残惜しいことを伝え新天地での活躍を期待していることを述べてくれた。

そして後ろに歩を向け帰ろうとした瞬間、今まで静かに佇んでいた（たたずんでいた）野口奈々が、いきなり義博の前に進み出て来て「さびしい」とつぶやいた途端、義博を見つめる、その目からは「一筋の涙」がこぼれ、「真っ白な頬」を伝わり落ちた。

義博はたじろぎ言葉を返せなかった。

母親は、そんな娘の肩を抱き寄せゆっくりと歩み始め、仮駅舎の向こうに見えなくなる寸前の所で振り返って静かに頭を下げた。

それに遅れて見返してきた奈々の顔は、自分の小さな両手で押さえている（母親が手渡したのであろう）白い布につつみ隠されていた。

隣にいた三女道子は、義博を優しく抱き寄せ「来てくれて良かったね、良かったね。」と何度か繰り返しながら涙した。

引きずられるように泣き出した義博は、都城までの車中、涙が止むことは無かった。

こうして離れ離れになった二人であったが、のちに運命の再会を果たすことになろうとは、まだ十二歳の子供には想像に及ばないことである。

⑯都城での生活はじまる

都城早鈴町（はやすず町）の家は、母スエの親から借りた土地に、父巳義が金沢赴任中の二十代の時に自費で建てたものであったが、巳義家族よりも先に自分の母親、妹、弟夫婦の計四人を住まわせていた。義博からしたら父方の祖母・叔母・叔父夫婦ということになる。そこへ巳義家族の八人が加わることになったので非常に狭苦しい状態でのスタートになった。

身体的に窮屈な上に、同居する親族の中には精神的にも許しがたいことをする者もいる。叔父（巳義の弟）は「海軍下士官」で復員して都城に戻って来る途中のどこで入手したか、米を隠し持っていて皆の前で平気に米の飯を自分たち夫婦だけで食ったり、競馬などに興じたりしていた。

「下士官」は兵士の上、「士官（将校）」の下に位置する。士官学校などの高等教育を受けていない職業軍人が下士官となる。士官に昇進することはない。

ヤッちゃんの兄さんは戦術・用兵などの士官教育を受けた軍人で士官（将校）であり、体つきや姿勢が整っており社会的格式を備えているのに対し、比べものにならない。

子供心に叔父の事を恨んだ。

叔母（巳義の妹）「トシちゃん」は、戦後に同じ職場の男と結婚し一人の女の子を産んだ。その後、離婚し女の子を引き取っていたが、まもなくその子が病死した。

それからは単身で行商をして母親の生活費を何とか工面してきた。行商の根菜類を買い付けに農家に出掛ける時には、トシちゃんは義博をよく連れて行ってくれた。

不幸な女ではあったが、やさしかった。

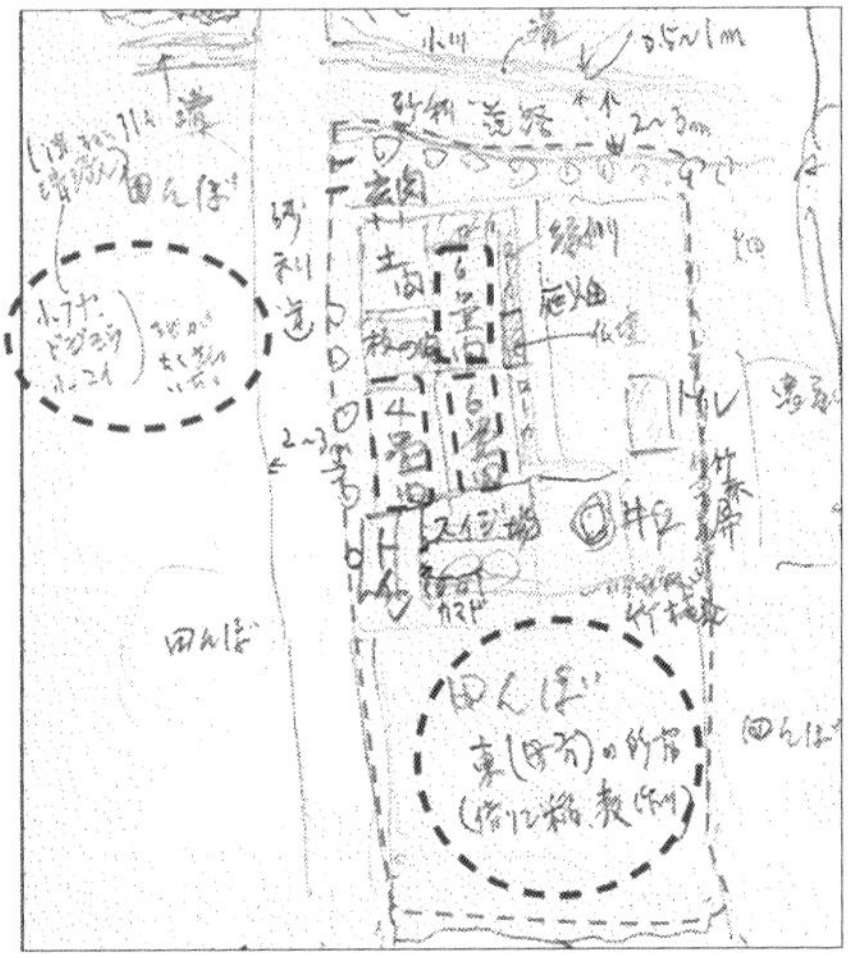

そのうち、祖母と叔母は一キロほど北になる天神町に移動し、叔父夫婦も山口県徳山の会社に就職し離れて行った。巳義達家族はようやく一世帯となり、一番気を回していた母スエは「ホッ」と出来たのか、末っ子になる女の子を最後に無事に産んでくれた。

都城早鈴の自宅になる。六畳２間に四畳１間。
南に隣接する田んぼで、巳義は米・麦作りに励み、家族を食いつながせた。
義博自身も近くの小川で、ドジョウなどを捕まえて来ては食料の足しにしていた。
飽食の現代と、かけ離れた時代であり人は自給自足で飢えをしのいだ。：義博寸描文子（ふみこ）と名付けられた。

幸い家の南の土地も母方のもので、そこを利用して総勢九人が「食いつなげること」ができるように巳義は米作り・麦作りに励んだ。

稲刈り跡の水田で栽培される大麦は、麦飯や粥（かゆ）、雑炊（ぞうすい）にして食され、麦茶・麦味噌の原料ともなる当時の主食の一つ。

粥は、米・麦などの穀類や豆類、芋類などを多めの水で柔らかく煮た料理。

雑炊は、お粥に醤油や味噌などの調味料で味を付け足した料理。

麦は米作りの裏作として米の収穫後の秋に種まきをして早春の寒い時期に「麦踏み」をします。家族総出で畑に出て一列に並び、少しずつカニのように横に歩んでムギを足で踏んでいきます。ムギは踏まれることにより茎（くき）が太く丈夫になり、さらに分枝も多く出てくるのです。また、霜柱で浮き上がった土を踏んで押さえることにもなり、しっかり土に根を張らせ、まっすぐ伸びる強い麦に育てることができます。

穂が黄金色に変色していく時期が収穫になります。

巳義は宮崎県立都城泉ヶ丘高等学校の体育教諭ではあるが、家族を養うには相変わらずの貧乏であった。一方の義博が入学した中学校は、一万城にあった紡績工場の跡地に建てられた南中学になる。しかし、雨降りの日は特に憂鬱で仕方がない。油紙で作られた雨傘は所々が破けていて、ほぼ役に立たない、これを使って通学するのは子供ながらに恥ずかしく、家を出しぶっていると父に叱られ嫌々ながら通学したものだ。

都城に居住した当初、何よりも恐ろしかったのは、裸足で家の周囲を走り回っている校区が異なる同級生くらいの農家の子、四~五人の連中だ。

引っ越して来た「よそ者」と目され、義博から出る言葉は宮崎弁なので、尚更ケンカを吹っ掛けられる。当時は違う校区に立ち入ると、いつ相手が出没し、石を投げ喰らうか、棒を振り回されるか、逃げても追いかけられるか、いつも戦々恐々としていた。

⑰中学時代

都城の南中学校一年の時に、いきなり市内中学校全体の研究発表会に南中代表で義博が出て「西都原（さいとばる）の古墳」についての発表をおこなうことになった。

宮崎県西都市三宅・童子丸・右松に広がる西都原古墳群は、多くの古墳が集まっている全国的に非常に稀な古墳群で、前方後円墳三十一基、円墳二百七十九基、方墳一基、地下式横穴墓十一基、横穴墓十二基もの貴重な古墳が保護され、特別史跡公園にもなっている。

十一月におこなわれる「西都古墳まつり」では、古代の衣装をまとった女人・武人の「火の演舞」や参加者による「たいまつ行列」が必見になる。

並びに春の時季に観られる「桜と菜の花」に囲まれた古墳は、全国でもここでしか見られない。その桜と菜の花の共演「花まつり」は特によろしい。

話は変わるが、西都には「うなぎ屋」が点在していて庶民の味覚を満たしているようだ。今回はやり過ごしたが、次回には時間をつくって賞味させてもらおう。

話を戻して、人生初の発表会では義博は、あがりまくって「つっかえつっかえ」の「しどろもどろ」なものになってしまい、非常に恥ずかしい思いをした。

別の中学校の教師である母の弟哲夫おじさんが発表している様子を見聞きしていたことを、あとから聞いた時には改めて余りにも不甲斐ない（ふがいない）結果に、「ミミズ」のように全身がピンク色に染まり悶絶した。小学校の時にハゼや川エビに仕掛けたミミズ達の怨念であろうか。

だがしかし研究し発表することを本人の職業にする将来が待っていようとは、この時点の義博では、おくびにも出せていない。

校区の変更に伴って、義博の自宅がある早鈴町は妻ヶ丘中学校区に編入された。校区の変更は各学校の数年～十年先の学童の人数を見込んでバランスを決め、教員の配置にも重点を置いて考えている。従って学校に通い始めてから、途中で転校する可能性があり、特に学校の建て直しが進められていた戦後には、かなり多くみられた。

その頃、隣の東町の業者から「レッキスの赤ちゃんウサギ」を売ってもらい、家で飼って大きくしたものを同じ業者に買い取ってもらい、育てたマージンを得ることが中学生の間で流行った。

フランスで誕生しアメリカで品種改良されたレッキスの美しい毛並みは色の種類も豊富で人気のうさぎです。
レッキスをアルファベットで書くと「Rex」＝ラテン語で王様という意味になります。
つまり、レッキスうさぎは「うさぎの王様」。非常に可愛らしく、人なつっこく、頭もいいので飼いごたえがあります。

写真は小型種の「ミニレッキス」で大きくなっても三十センチくらいです。

ウサギのエサは田んぼの「レンゲ草」で、寒風の中、カマと手作りの藁（ワラ）製の収納袋を持って「レンゲ刈り」に行く。

なぜ田んぼにレンゲ草なのかというと、次の田植えに備えレンゲの種を蒔き、育ったレンゲ草を田植えの前に機械で土の中にすき込む（混ぜ込む）と土が肥える。

協力：大阪京橋のうさぎカフェ「ミミ・ラパン」のミニレッキスを撮影した。

安価な化学肥料が大量生産されるまでは、蓮華草（レンゲ草）が緑肥（りょくひ）とされていた。

レンゲ草は根っ子に、根粒（こんりゅう）という「コブ」を持っていて、そこに根粒菌を住まわせている。

根粒菌は空気中から取り入れた窒素を、植物に有効な窒素に変化させてくれる。

レンゲ草自身が、その窒素をもらい育つ。つまり、レンゲソウ全体が窒素をたくさん蓄えた肥料になる。

昔は水田の肥料とされていた紅紫色に染まったレンゲ草畑は、今では殆ど見かけなくなった。

又、校区の変更があり姫城（ひめぎ）中学校に移ることになった。

弟信義が通っている南小学校と隣接している。腕の立つ小学生も混ざって中学の校庭で野球の試合をしょっちゅうやった。義博は左投げの剛腕で、しかもクセ球であることで、相手から嫌がられている。信義は南小学校の代表キャッチャーで、その球を上手に捕らえてくれる。兄弟がボールで結ばれ九人の相手を次々に負かして行く痛快な場面は、武士的に泣ける。

度々、幼児の三男義彦を自転車の荷台に乗せ早鈴町を一回りしてやっていた。いつもの様に乗せてやると喜ぶはずが、その日に限っては帰るまで「ワンワン」と泣き続けている。

田んぼの肥料になるレンゲ草畑は、レッキスの餌の収穫地でもあった。旅で都城の田んぼ道を散策中に遭遇できた。

降ろして様子を見ると腹に手を当てているので何かしらと思い、シャツをめくると縫い針が「ズブッ」と刺さっているのには驚いた。抜いてやると、しばらくして泣き止み血も小さく凝固しているので大げさにせず、このままやり過ごそうと決め誰にも言わずにいたが、内心はヒヤヒヤしていた。その後に新たな症状は出なかったので安心した。

姫城中学では全校生徒参加のマラソン大会があったが、栄養不足の為、皆すぐに息切れしてしまい、歩いては休み、又少し歩いては休みの、繰り返しで走っている者はいない。

夏休みに、原爆投下を被った長崎医科大学の永井隆博士原作の映画『長崎の鐘』を観た。一瞬の強い光を核にして、その爆心から発せられた爆風で瓦解していく地名「浦上（うらかみ）」、その火の玉の熱量で溶け消えて行く市民の様子、そして自らも重症を負いながら被爆者の救護活動に励む姿が描かれていた。感想文を出したら優秀賞をもらった。

その感想文の一コマに「暗いトンネルをくぐっていると向こうに明かりが見えて来た」と書いている。誰も経験したことのない暗闇の中から脱出しようとする強い気持ちで、挺身的な救助を続ける永井博士に今でも感じ入るものがある。

⑱霧島高千穂峰（きりしまたかちほのみね）

よく近所の同級生緒方君と見晴しの良い田んぼの所から霧島高千穂峰の風景を水彩画にした。霧島連山のひとつ高千穂峰は都城盆地から視野におさめるのが良い。空気の透明感の中に峰を含めた全体空間を感じとることが出来る。又、風の無い日に、盆地に発生する霧が漂うと雲海となり、高所からは山頂が島のように浮かんでいるように見えることから「霧島」の名の由来となったとされている。

親族の初盆の時に、お墓の前の二坪位の更地にゴザを敷いて、少し早い晩飯の御馳走が振舞われ、オニギリや煮しめ（根菜類や芋類・こんにゃく・昆布・油揚げなどを甘辛く煮たもの）を蚊を払いながら食べた。

その日の晴天が暮れようとしている帰り、提灯に火をつけ家族と一緒に田んぼの道を歩いていると、高千穂峰に黒い雲が掛かり稲光（イナビカリ）が激しく幾度も天から放たれている。

今度は振り返って田んぼの方を見ると、秋づいた稲穂が「ザワザワ」と揺れだし始めた。

ピカッ（光）、ゴロゴロ（音）の両方で「雷」と言い、「稲光」は特に閃光（せんこう）ピカッの方に焦点を当てた表現になります。

稲が雷の閃光によって霊的なものと結合し、穂を実らせると信じられていたところから稲光というが、まんざら迷信でもなさそうです。雷が多い年は降雨にも晴天にも恵まれ温暖な気候になる。稲光が稲穂を黄金に輝かせ、その年の豊作を映し出してくれます。

高千穂峰は天照大神（あまてらすおおみかみ）の孫になる瓊瓊杵尊（ににぎのみこと）が、国を治めるために天孫降臨（てんそんこうりん）した山とされています。すなわち、神様が天上界から地上に初めて降り立った場所が高千穂峰になるのです。

標高千五百四十七メートルの山頂には「天之逆鉾」（あまのさかほこ）が突き立てられています。幕末の志士として名高い坂本龍馬（りょうま）と妻お龍（おりょう）は高千穂峰に登り、その鉾を見て「思いもかけぬ顔つきの天狗の面」があると称して「二人で大笑い」

し、なんと、それを龍馬が抜いてみせたことが、姉乙女（おとめ）宛の書簡に残されています。これが「日本の新婚旅行の始まり」になります。龍馬が興じた山に義博も魅了されました。

第五章　人の独立と交流

⑲宮崎県立都城泉ヶ丘高校から九州大学へ

父巳義が剣道を教えている都城泉ヶ丘高校に入学でき勉学に励んだ。宮崎では屈指の進学校である。職員室の前の廊下の壁に張り出される定期テストの順位表には全教科の総点数と名前が並ぶが、義博は常にその名を上位に連ねた。

三年生にもなると、受験する大学のレベルを決める実力試験（定期テストより難易度高く、受験向けの試験）が重視される。これでの上位五名は九州大学（略称、九大）を受験するよう教師から薦められる。

隣の東町生まれで泉ヶ丘高校の先輩になる九大法科生の

宮崎県立都城泉ヶ丘高校、現在は同じ学舎に附属中学校が所属する。質実剛健を謳う学友像。
学校全体が緑豊かで、落ち着いた風情が心に残る。写真には無いが中庭一面に広がる芝生には感心する。

宮元さんに引率され、義博を含めた受験に挑む五名が都城駅発の吉都線（きっと線）、肥薩線（ひさつ線）廻りの夜行列車二十一時三十分に乗り込んだ。列車を牽引する蒸気機関車は時間をかけ九州を北上し、博多駅に着いたのは翌朝七時頃で肌寒い雨天であった。

早速、駅前から満員の市内電車に乗り換え、中央区六本松（ろっぽんまつ）で下車したすぐの、九大教養部第一分校の構内にある九大学生寮の一室に受験生五名は入った。

先輩の入寮生のうちの半分は、一年半の教養課程（基本的素養・能力を養う課程）を修了し専門課程を学ぶキャンパスがある東区箱崎（はこざき）の方に居を移した後で空き部屋になっている。十二畳の部屋の真ん中には一メートル四方の火鉢が置かれ、カベには墨や絵具で「息苦しいほどの落書き」がしてある。ガラス窓が付いた長方形の立体空間で何の設備も無い。

九大に合格したが、第一分校時代（教養課程）の一年半の間「有ろうことか又しても」、この同じ部屋にお世話になることになった。


義博たち一行は都城発~吉松経由（吉都線）で、薩摩と肥後を結ぶ肥薩線に出て、北進し博多へ向かった。蒸気機関車：Steam Locomotive の頭文字をとってSL（エスエル）は黒煙を吐き出すので、トンネルに入る都度に窓を閉めた。

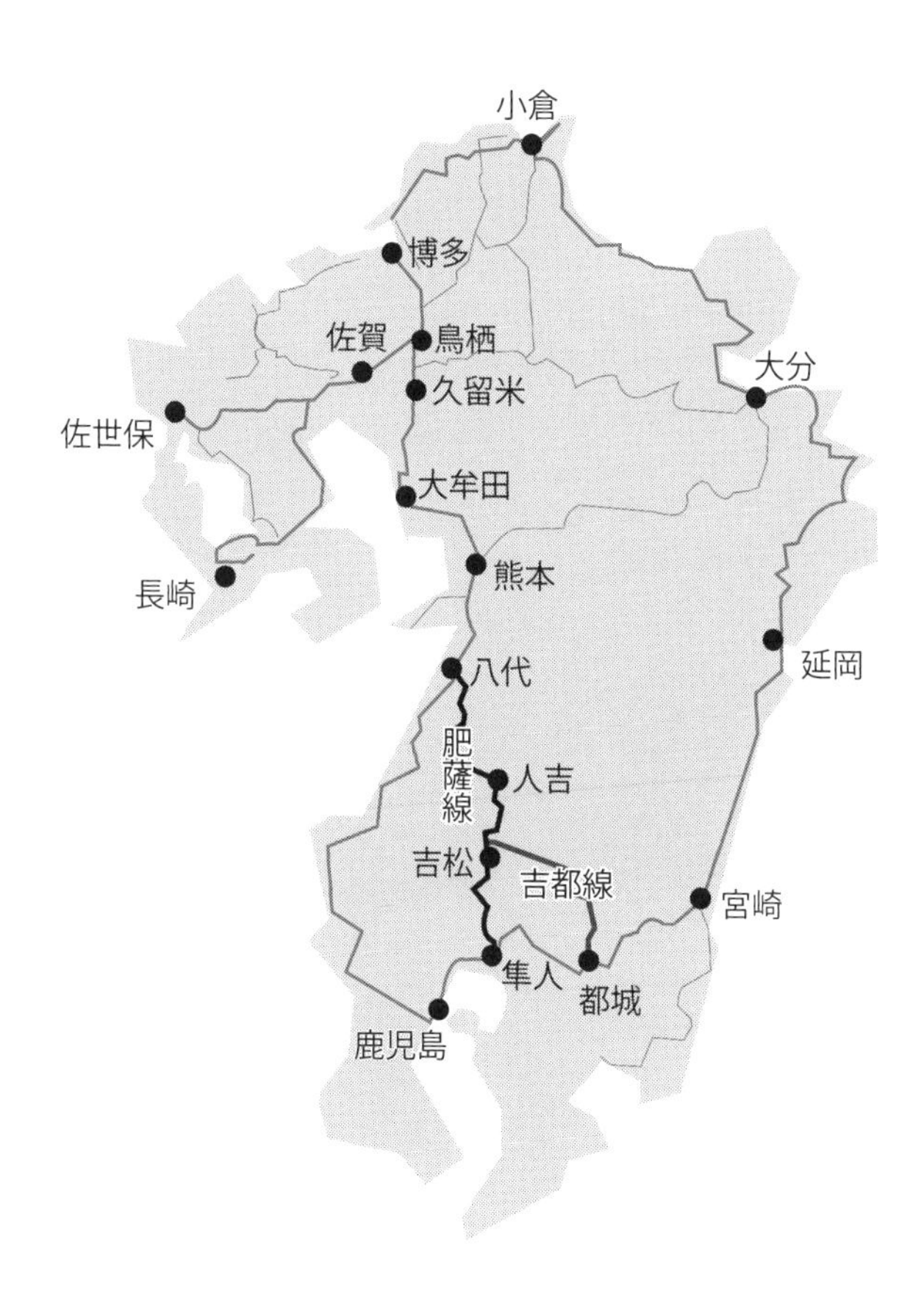
小倉
博多
佐賀
鳥栖
久留米
大分
佐世保
大牟田
熊本
長崎
延岡
八代
肥
薩
線
人吉
吉松
吉都線
宮崎
隼人
都城
鹿児島

⑳学而寮での生活

九大教養部第一分校の構内にある学生寮は「学而寮（がくじ寮）」と名付けられていま す。なに？「学而（がくじ）」一瞬、気圧され（けおされ）気難しい顔になってしまいま す。学校の道徳教育時に論語をかじった事は記憶に残っていますでしょうか。古代中国の 思想家「孔子」の「論語」冒頭、最も有名な一説に「学而」が書されています。

一、白文（原文）では、

「子曰。
学而時習之。不亦説乎。
有朋自遠方来。不亦楽乎。
人不知而不慍。不亦君子乎。」

二、これを書き下すと、

「子曰く、
学びて時に之を習う。亦（また）説（よろこ）ばしからずや。

朋有り、遠方より来たる。亦楽しからずや。

人知らずして慍（うら）みず、亦君子ならずや。」

三、更に現代語に訳すると、
「孔子はおっしゃいました。

学び、その教わったことを身につけることは、なんと喜ばしいことではないか。

友人が遠方からわざわざ私のために訪ねてきてくれることは、なんと楽しいことではないか。

他人が自分を認めてくれないからといって不満を言うことはありません。なんと徳のある人ではないでしょうか。」

と読み取るのが通説ではあるが、どうやら、そうでは無さそうで……。

四、フリーライターで経済分野に精通され、他分野での小説、脚本等の作品も手がけておられる久保田正志さん（一九六〇年東京生まれ、私立開成学園　東京大学法学部卒）の新解釈には目が覚まされます。それによると、
「孔子は、どこかの国に仕官すること（官職に就き俸禄を得る）で頭がいっぱいで、腰を据えて学問に打ち込まない弟子たちに向け苦言した。

（一行目）学問を修めた上で仕官し、学んだことを時勢に応じて実際にやってみることができたら、それは喜ばしいことだろう。

（二行目）学問の世界で有名になり同じように学問を探求する仲間たちが遠くから会いに来てくれるほどになったら、それは楽しいことだろう。

（三行目）だが、私はいくら頑張っても無名のままで、それでも世の中を恨んだりしない学問の道を究め続けようとする者こそ、本当の偉人だと思うのだ。」と訳し

「そうなったら、確かに喜ばしいこと。楽しいことだろう。」との一・二行目に対比させ最後の三行目に「だが、」を打ち出し結論を強調していることを、久保田正志さんは私達に示してくれています。

この学而寮は旧制福岡高校の寄宿舎からのもので、一棟の一階と二階には各五部屋あり、これと同じ木造建てが六棟並んでいる。一部屋の広さ十二畳に六人が居住するので、一人当り二畳という手狭なうえに、皆が敷きっぱなしの万年布団で足の踏み場がない。部屋の片側のふすま無しの開けっ放しになっている押入れは、各人が放り込んだ雑貨で満パン。の壁には先輩たちの自己主張や有名な故人の語録などが乱雑に書き残してあるが、後に入寮

する者にとっては「タダの落書き」に過ぎない。
（旧制第一高等学校の寄宿舎を引き継いだ東京大学駒場寮に匹敵する。）

棟毎に事務室、共用のトイレ、洗面所、炊事場などが設けられている。食堂が有り一日三食分で五十五円の食券制。朝食はコッペパン一個とバケツに入れられている、ほとんど具の入ってない味噌汁を自分達で取り分ける。

それでも、コッペパンの横から入れられた切り目にはマーガリンが詰められていたし、パンの香りもしたので美味しく思える。ここにいる寮生達は皆同様に味わってきた辛苦に比べれば微々たる食べ物でも、皆で一緒に味わえることに幸せを感じている。

六棟毎での入寮時の記念撮影写真が残っている。義博は棟番号「西二」の住人達のひとり。九大教養部第一分校の構内にあり運動場を挟んだ大学の教養部に通う。ここで一年半の基本的素養・能力を養う課程を修了していく。

学而寮では勉学だけではなく、過去にない他者との交流を経験し、この時期にしか出来ない遊びも含め視野の広い大人に成長する。

他に楽しみと言えば、寮生三～四人で連なり六本松の電停近くの銭湯に行った帰りには、決まって素うどん二十円をすすった。又、寮には特別にレコード室がありクラシックを聴くことが出来た。

又、商店などが建ち並び多くの人で賑わっている中洲（なかす）や天神に出向くときには一張羅（いっちょうら）の革靴をピカピカに磨き上げ、詰襟（つめえり）に九大の前身が「帝国大学」であることを誇示する角帽（かくぼう）を被って行った。

やる事と言えば映画を観るくらいであったが楽しめた。

寮では新歓や追い出しと銘打って、様々な場面で親睦を深めるための酒席（コンパ）がおこなわれる。そのコンパではストーム（英語 Storm：嵐、暴風を意味する）を起こし集団で蛮行に及ぶ。

飲酒の勢いで半裸になり、別の寮に攻め込んで廊下を走り回ったり、部屋の扉を叩いたりする行為くらいは受け入れられるにしても、度が過ぎるとこんな事を始める。

バケツに小便をして水道水を継ぎ足し量を多くしたうえで、これに細かくちぎった新聞紙片を混ぜる。それを人にブッかける。ブッかけられた方は水気を含んだネチネチの新聞紙片が体にくっ付いた状態になるので、攻撃した方にとっては被害状況が分かり易い。

まあまあ、ここまでは寮区域内での出来事になるが、外に出て行くのは非常に良くない。近くの古小烏町（ふるこがらすまち）や練塀町（ねりべいちょう）には女子高校があり、夜遅くに数人でそこに出向き、正門の女子高校名が書された看板を取り外して寮に持ち帰ったりもする。いたずらを超えている、時効が成立していれば良いが……。

そんな学生たちを長年に渡って見てくれて来た学而寮は「窓ガラス」は割れっぱなしで冬には雪が舞い込んでくるわ、「廊下」は所々穴があいているので夜には懐中電灯が必要なほどの、すさまじい状態になっているのに修理されることなく黙して耐えていたが、この二年後に取り壊しとなった。

㉑都城への帰省

夏休みになると、寮からの最寄り駅になる国鉄時代の筑肥線（ちくひ線）の鳥飼駅（とりかい駅）まで寮のリヤカーを借りてフトンを運び、「チッキ」で都城の実家まで配達してもらう手続きを済ませ、その日の夜中十二時の博多駅発の普通列車に乗り込み翌日昼前の十一時着で都城に帰省していた。

「チッキ」とは、鉄道による手荷物輸送のこと。駅で手荷物を預けると荷物専用列車で輸送してくれる。預けた際に発行される手荷物の預り証を示す英語の check（チェック）からチッキと呼ぶ。当時は運送距離の遠近にかかわらず百十五円で、住所まで配送をしてもらう場合は三十円加算されていた。

義博の九大受験の時に引率してくれた先輩の宮元さんがリーダーとなって、出身学校の区別なく地域の卒業生を集め、都城の公民館で幻燈会（げんとう会）を開いた。幻燈機を使って厚紙の枠に差し込まれたフィルムやガラスに描かれた画像に強い光を当て、拡大レンズを通して幕に投映させ、その映像を観せる。先進国イギリス・アメリカの様子や近代化しようとしている東京を映し出したものが好評であった。

又、後に有名指揮者になる荒谷俊治氏が率いる「九大フィルハーモニー・オーケストラ」は、九州大学を中心とした学生によって構成されたアマチュアでは最古級のものになるが、そのオーケストラを都城市民公会堂に招いて演奏会を催したりもした。

春休みには、今では「さくら名所百選」にもなっている都城東側丘陵地帯の母智丘公園（もちお公園）で、地域を盛り上げる花見をしていた。

故郷を思い、社会貢献に惜しみなく身を投じ得た充実感は、後の義博の国際的活動に影響を与えている。

休みも終わり福岡に戻る際には、いつも母とは都城駅までの途中にある郵便局で別れ、そして父は都城駅で列車が去るまで見送ってくれた。

車中、皆がまだ寝静まっている翌朝の早い時刻に、福岡県の大牟田（おおむた）や久留米（くるめ）辺りで、米や野菜などを担いだ物売りのおばさん達が列車に乗り込んで来て、早口の博多弁でシャベリまくる。

圧倒されるのと同時に、福岡に戻ったんだと実感させられる。のんびり過ごせた都城から、コセコセとテンポが速く気性の激しい博多に近づいている。

第六章　それぞれの歩み

㉒野口奈々の運命

十二歳の時、都城に行ってしまう義博を宮崎駅で見送ったのち、奈々は宮崎の中学校に入学した。その頃には母ミネは既に重大な決意を秘めてはいたが、まだこの時点では、その胸の内を娘奈々には明かしてはいなかった。

告げるタイミングを奈々の学校生活に影響がでないよう、しかし遅れ過ぎないように気を使っているのだ。

一年生の一学期が終わり夏休みに入った時、見計らったようにミネは故人徹六（奈々の父）が九州帝国大学医学部内科医師時代に建てた家を今まで他人に貸していたのが空いたので「そこに移転する事を考えている。」と告げた。

一緒に座っている隣の姉真麻子は既に聞かされていたようで、何かしらの強い意志を持っていることが姉の全身から感じ取れる。

ミネは言葉をつなげて、そこは福岡の箱崎（はこざき）という所になること、本宅は二階建てで道路に面して庭があり、更にその本宅の裏手にくっ付く様に平屋の別宅があること。故人徹六の実家になる福岡の隣の佐賀県多久（たく）にある造り酒屋の本家が、今回の移転を勧めてくれていること等々を、奈々が理解できるように丁寧に話を進めていたが、いよいよ本題に入ったのか「何より肝心な事は……」と少し大きな声に変わると「実は奈々ね、お母ちゃん、そこで商売しようと思っている。何するか分かる？」と問うて来た。

引っ越しすること、しかも遠い福岡、父徹六の実家の話、それだけでも困惑し、うわの空になっている奈々は、「何の商売をするか」の問いに「返答をする」なんて到底およびもつかない。母の声がうっすらと遠くに聞こえるようになり、壁の徹六の遺影をぼんやりと見上げた。

父が亡くなったのは奈々が小学校に入る前の四歳の時。宮崎の病院から九州帝大に単身出向したのが、もっと前の二歳の時。帰省してくれることがたまに有り、奈々の名前の由来を子供に判るように教えてくれた話の一片と近所を一緒に散歩したことを覚えているくらいで、ほとんど父の記憶はない。

ミネは返答を待ちきれずに自分から「多久の本家からお酒を送ってもらい福岡で売ろうと計画しているの。」と切り出した。奈々にとっては一番考えられないことを言う。

再び茫然自失に陥り、今度は義博のことを想い出すようになる。四ヶ月前に駅でお別れをしたこと、二年前に庭の防空壕に義博が飛び込んで来たことをハッキリ記憶している。

母の話の最後は「奈々が中学一年を終える来年の三月に福岡に引っ越します。二年生からは箱崎の中学に転校になります。ごめんね、辛抱してね。」と結び、今にも泣き出しそうな奈々の様子を伺った。

愕然としている中で更に想い出した、戦時中お寺に大人子供が集まった上映会で久しぶりに出会った義博に「自分の名前奈々」について聞かれたこと、映画の最中にお寺の畳の大広間が突然抜け落ち、その底から義博が這い上がろうとしている様子を心配で見続けていたことがまざまざと蘇る。

もっと話をちゃんとしたかった。悔やんでも取り返し出来ない。福岡に行けばもっと離れることになると考えると、ジワリと涙が出て来た。

涙を流す奈々を見ていた真麻子が、「大丈夫、ダイジョーブ！　お姉ちゃんがついているから。お母さんを支えて一緒に働くから。」と励ましてくれた。姉は翌年には高校を卒業するので、それ以降は昼夜通して働ける。確かに、この姉は頼りになる。

奈々はようやく言葉を発したが、「ありがとう」と言うのが精いっぱいであった。

その年の季節はアッという間に過ぎ去り、引っ越しする三月を迎えようとしていた。ミネはこの期間中、単身福岡に赴き箱崎宅の改造を進めていたが、宮崎からの新参者が商いを始めようとしている様子を伺い見る周囲の目は疑義たるや大変なものである。それでなくても女ひとりでは心許ない（心もとない）事ばかりで、藁（わら）にもすがりつきたい。

そういう時には若い知恵者の親戚が頼りになる。徹六の姉の息子砂男（すなお）さんが九州大学の医学部学生で、その医学部がある箱崎地区に寄宿している。秀才なのに加えて人の面倒見もよい甥っ子だ。砂男は道路に面する庭を酒店にするための基礎の地固めから店舗設計までの全てをおこない、更に店舗と住まいの連結部に段差をつけ住まいの方を嵩上げ（かさ上げ）し、その嵩上げした部分に地下室を造った。

この地下室が後になって利用価値が出てくることになる。

特にいじらなかったのは裏にくっ付く様に建てられた平屋の別宅だけで、本宅は様変わりした。一番、驚いているのは亡き夫徹六であろう。

ミネと入れ替わって真麻子が福岡入りし、家財道具の配置を終わらせ、昼はひとりでヤミ市に出掛けては商売に必要な物資を調達してリヤカーに乗せ持ち帰る。夕刻になると、昼間に働いている各家庭の父親たちが帰宅するのを狙って酒店のオープンを宣伝してまわった。

　自分でガリ版屋と交渉し安く作った父徹六の実家の銘酒「男山」をイメージしたビラを配り、そのついでに男山の一升瓶を持ち込み、廻った先の玄関でサービスの小宴会をやったりもする。あとは母ミネ、妹奈々を迎えるだけになっていた。

㉓初めての父徹六の実家

　佐賀県多久（たく）にある父徹六の実家になる酒造場のほど近いところに、徹六の姉の嫁ぎ先になる山口家がある。そこの息子、九大医学生の山口砂男（すなお）が、野口家の酒店を営む手助けをしてくれている。

　三月上旬に、野口家の女三人全員が福岡箱崎（はこざき）に揃ったと思いきや、なんと奈々だけが中学二年の新学期が始まるまでの約一ヶ月の期間を、佐賀多久の父の実家に預けられることになっていた。

　山口砂男が家に迎えに来てくれた。奈々は初対面になるが、姉が「砂男兄ちゃん」と呼んでいるので、同じ呼び方にした。砂男兄ちゃんは朗らかに接してくれ、たくましさも感じられるので、家族全員のこの先の不安を払拭（ふっしょく）してくれる。

奈々もよく考えると、母と姉は酒店のオープン前でテンテコ舞いになっていて、自分が手伝うのにしては度を越えている。そして、ミネは佐賀の米を豊富に抱えている酒造りの本家に奈々を送れば、贅沢な戦後の疎開になると思い、「預かりましょうか」と声をかけてくれた徹六の両親に感謝していた。それに砂男さんも春休みで実家に帰るので、「奈々を徹六の本家に届けてあげる」と言ってくれている。

砂男兄ちゃんと野口家は簡単に昼食を済ませ、姉を家に残し三人で博多駅に向かった。母とは駅でお別れ、だがここでは泣けない、そして「これからも」と肝に銘じている。汽車の中では砂男兄ちゃんが自前のギターを弾き始め、周りの皆が唄い出したのにはビックリしたが楽しかった。ほどなくして佐賀駅に着き、そしてバスで多久に向かった。

レンガ造りの酒造場とそこから天高くそびえ建つ四角の煙突を見て、その大きさに最初に驚いた。母屋から板廊下でつながっている離れがあるのを見て、その広さに二度目に驚いた。その日の晩御飯は親類が多く集まり宴会になった。豪勢な食事が次々に出て来る。奈々が食べたことがないものばかりで三度目の驚きとなった。

驚嘆の連続の一ヶ月を過ごせた。

ヤッちゃんを失い、よっちゃん（義博）とも別れた、宮崎での苦い思い出を拭い去ってくれたような気になり、お土産をたくさん抱えた砂男兄ちゃんと心晴れやかに福岡に戻ることができた。

尚、その後の砂男兄ちゃんは佐賀市内で山口産婦人科を開業した。

㉔繁盛する酒店

福岡の中心地から離れてはいるが、箱崎には労働者が多く朝から店を開けると、砂男兄ちゃんが考えてくれた立ち呑みカウンターの「角打ち（かくうち）」は賑わった。姉真麻子が立ち回るのにカウンターは丁度いい長さで、L（エル）字の形で広がっているので客の方も分散して立っていられるし、天井も高く店内が広く感じられる。

角枡（スギの木作り）にコップを置き一升瓶のお酒を表面張力させるように「ナミナミ」とコップに注ぎます。これを「盛り切る」と言います。つまみは、もっぱら「粗塩」のみ。

指三本でしっかり小皿に盛り付けると、昔の塩は指の腹の形で山立ちしていました。

なぜ塩かというと、口直しでつまんで「ナメナメ」すると口の中が締まり、より日本酒の味を楽しむことができるのです。コップからお酒がこぼれても最後に、コップを外して角枡に納まっているお酒を、コップに帰せば最後まで飲み干せます。

店はケチらない、お得！

労働者以外にもすぐ近くに九州大学があるので、先生達が安く飲めるお酒を求め夜やって来てくれる。飲み代は、お店で売っているお酒の値段そのまま。しかも、真麻子は最初から意図的に角枡にこぼれ落ちるように注ぎ込むのでお客は得した。

「角打ち」とは、買った酒を店内ですぐに飲むことができる酒販店のこと。その飲み代は酒の販売価格のまま。食品衛生法における飲食店には当たらない。

角打ちの名称は「店の隅（一角）で日本酒を四角い枡に注いで飲むこと」に由来する。店の人は日本酒をナミナミと注ぎ、その客が立っているカウンターの内棚に置いた、旧カレンダーを小サイズに切り取ったメモ紙に、注いだ回数を正の字でカウントしていく。

角打ちの発祥地は北九州。工場、炭鉱や港湾の労働者が仕事帰りに酒屋で酒を飲み始めたことに基づく。北九州工業地帯では、二十四時間三交替で働く工夫が勤務明けに酒屋に立ち寄っていたのは有名。今でも北九州市には角打ちのお店が多い。

近畿では「立ち呑み」、東北地方では「もっきり」と呼び方はいろいろ。

一方のミネは、もっぱらお得意さん廻りで銘酒「男山」等をリヤカーで配達している。そもそも徹六が宮崎で勤めていた病院の看護婦であった経験から、気軽に会話することが出来るのでお客の受けが良い。いい加減にしておくと、客はよその店に浮気する。逆に客に左右されると、こちらが辛い。この点もお客のさばき方が上手いので問題にはならない。

店を始めて、瞬く間に軌道に乗り六年が経つが、繁盛するほど配達の帰りが増々遅くなってきた時期に、長女の真麻子が結婚して、夫婦で酒店本宅の二階に住むようになり、旦那の正広（まさひろ）さんが軽トラックで配達を代わりにやってくれるようになった。

奈々は、市内電車で福岡の中心街天神を通過した赤坂にある女子高校をまもなく卒業になる。中学生から女子高校生の学生時代に何もしなかった訳ではない。意外なことに勉強では数学を得意とし、バレーボールでも活躍した。

お店の手伝いは例の地下室でのお金の勘定になる。地下に結ぶ階段に腰掛け、白熱電球を一個灯して毎日ひたすら売上金を勘定する。お金があることを人に悟られるとおっかない事になる、窃盗のし方、騙し方は違えども、昔も今も用心したほうが良い。

ミネ五十歳になる。夫徹六を亡くしてから女手ひとつで子供を育て、長女を結婚させることが出来た上に一緒に居てくれている。「ホッ」とはしているが隠居生活なんて考えてはいない。そしてミネは「第二の決心」を固めていた。

独自の判断でお金を運用できないかと、今日で言う「財テク」になる。

日本は一九五〇年（昭和二十五年）の朝鮮戦争勃発を機に、新たな経済成長期（神武景気）に入っており、世の中の景気が上向き、投機の気運も盛り上がって来ている。

夫を亡くし、九大医学部教授夫人としての名誉も儚い（はかない）ものであった。奈落の底から生きることを始めて来た自分に「やれないことは無い」。

㉕箱崎と九大

箱崎にある九州大学病院は故野口徹六の勤め先であった。生前、徹六は大学病院近くに土地を探し、庭付きの本宅とその裏手に別宅を建てた。近い将来、宮崎から家族を呼び寄せ、ゆっくりとした家庭生活を送ろうと考えていたその夢は、今となっては本宅の庭が酒店になり賑やかな商売生活に変更になっている。

その一役を担う、酒店の会計役奈々は間もなく二十歳を迎えようとしていた。

義博の方は六本松の第一分校での教養課程を修了し次に進む専門課程は「箱崎キャンパス」になるので、学而寮の同期の者は全員が箱崎に移り、九大生を対象に格安で間借りさせてくれる川島さん宅の一室四畳半に義博はおさまった。川島宅の間借り人は他に五人。ここでは、かつての様にコンパに興じるわけには流石にいかない。

川島家のお嬢様・間借り人たちと連れ立って、登山に手頃な油山（あぶらやま）にハイキングに出かけたりした。自然観察に長けている（たけている）義博はその先陣を切った。

箱崎キャンパスは戦前からの赤煉瓦（あかれんが）を基調としており、アカデミーとしての風格とレトロな趣がある。しかし現在、残念なことに「糸島キャンパス」への移転が進められ、箱崎の地で共に歴史を育んできた住民たちは残され、「サヨナラ」を告げられた。地元にゆかりのある拠り所がなくなり、「ポッカリ」と心に穴が開いてしまった。

それにしても、何ということであろうか、十二歳の時に宮崎でお別れした二人が、お互い知らぬ間にこの福岡で急接近している。

かつての九大の一角に隣接している保育園には赤煉瓦の壁が現存する。

保育園の赤煉瓦に、九大と同じく数塔に１個の割合で設置されている丸い電灯

理系専門課程では研究に明け暮れる毎日が続き、実習で旅に出る時には、いつもの角帽で仲間と写真に納まった。写真の切符は博多～北海道の愛冠（アイカップ）までの通用期間十九日間分で発行された三等列車のもの。学割運賃で愛冠まで運賃千六百九円、および愛冠から一駅の足寄（あしょろ）に戻るのに運賃十円になっていて、この期間中に降車した全国の駅名が押印されている。

徳山、広島、京都嵐山、名古屋で各地域における木材関連事業調査。長野県木曽上松（あげまつ）の美杉材の貯木場。栃木県奥日光の十条製紙（現、日本製紙）では、工場長の近江先輩の説明を受ける。山形県蔵王山近辺の「砂防工事」では、国土の八十%を占める山地を持つ日本が、台風や大降雨に備える具体的な取り組みの基礎的研究をおこなう。秋田県能代の豊かな森林地帯、青森営林署、北海道旭川、足寄、愛冠、九大の北海道演習林にはジープで入り、演習林活動を果たす。

そして更に進軍し大雪山、阿寒湖では北海道アイヌの酋長の娘に会い、屈斜路湖に至る。この日本縦断で森林から生ま

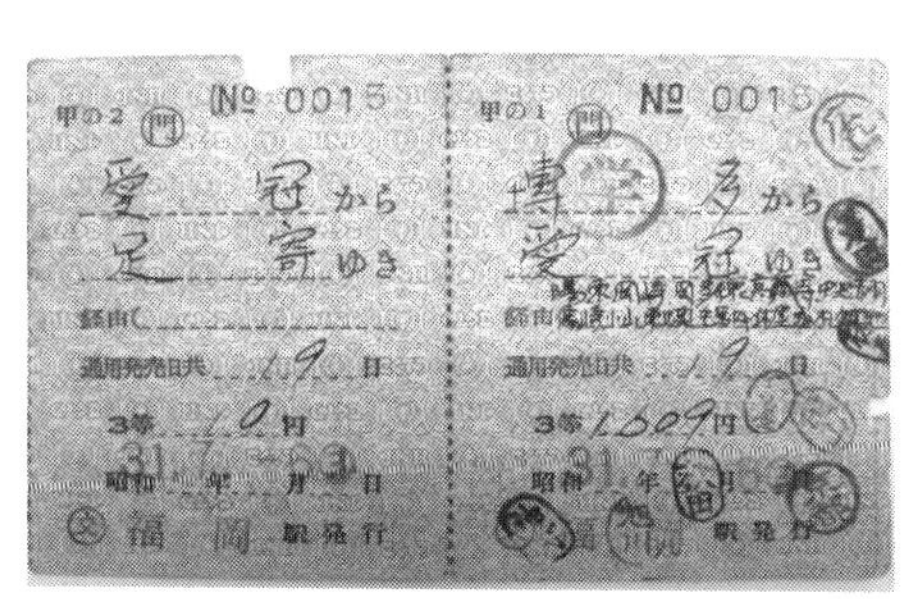

1956年（昭和31年）日本縦断の足跡

れる自然資源の有効活用は、日本に必要である事を痛感した。

1958年（昭和33年）2月、福岡県粕屋郡九大演習林内、雪も可なり。
左から二見、飛永、義博、青木さん

山に入る時には、磯村（一番左）はネクタイをして来て締め直し、山に礼を尽くす。
そんな男達は山に鍛えられる。義博（一番右）

又、たまには自然な息抜きも必要で、熊本県玉名市にあった中山編物研究室を勤め先としていた姉道子を訪ね、熊本市を観光して水前寺公園の美観や熊本城の景観を楽しんだ。

1957 年（昭和 32 年）5 月、姉道子の勤め先になる中山新次郎氏の編物研究室を訪ねた。中山氏の息子さん、姉道子との写真、義博一番左。姉は母親譲りの器用さがあり、編物製作の道を歩んだ。写真は真澄の空下での姉の美を映し出している。

そんな学生生活ではあったが、研究すること、論文にすること、発表前の準備をすること、そして少し洒落を入れて話をして場を和やかにすることは自分に合っていると思い始め、今、義博はこのまま九大に残って更なる研鑽に挑みたいと心に決めている。

追うように弟信義も都城から九大に進学して来た。自慢できる弟である。

「演習林」とは、林学の研究や教育のための実習林・実験林である。大学における研究・教育のほか、今日では高等学校などとの連携授業や市民向けの公開講座などで活用されている。

過去を振り返ると、九州帝国大学は農学部設置計画が具体化する、それ以前から当時の日本の海外領内に、樺太演習林・朝鮮(北鮮演習林と南鮮演習林)・台湾演習林という広大な演習林を入手していた。

又、林学科設置と共に福岡県内に、早良(さわら)演習林・粕屋(かすや)演習林が設けられる。さらに宮崎演習林および北海道演習林を取得する。

現在、「九州大学農学部附属演習林」は福岡演習林(早良演習林と粕屋演習林を統合)と宮崎演習林、北海道演習林の三演習林になる。

「全国大学演習林協議会」が一九五一年(昭和二十六年)に設立された。北海道から沖縄まで全国の国公私立二十七大学が加盟していて、亜寒帯から亜熱帯にかけての多様な森林を保有しており、各大学演習林フィールドの特徴を活かした様々な教育研究を展開していて、最近では個々の大学の枠を越えて学生の利用が進められるような取り組みもされている。

のちに義博は、一九九五年（平成七年）九州大学農学部附属演習林長および全国大学演習林協議会長の大役を任されることになる。

㉖義博、九大卒業後

熱望している「独創的な研究成果を挙げたい」「学術の研究教育に広く携わり人材を育成したい」「関連産業分野の要請に応じて刷新的な実用技術を提供したい」等々を実現するには大学院で学ばなければなりません。

大学院では修士課程（MCマスターコース）に続き、博士課程（DCドクターコース）というふたつの課程があります。

ちなみに、「学位」を言う場合は、「博士」は「ハカセ」ではなく「ハクシ」と読みます。

お天気博士や鉄道博士は「ハカセ」と呼びます。

各課程にかかる基本的な年数ですが修士課程を二年で修了した後に、研究を続けていきたいという場合には、博士課程で更に三年間研究をすることができます。

修士課程では一定の単位を取り修士論文を執筆し、その中間報告や口述試験に合格すれば学位の「修士号」を取得します。次の博士課程は修士課程に比べたら非常に難しい。

理想は三年間のなかで博士論文の審査に合格し、学位審査会で発表・質疑応答の過程を経れば、「一人前の研究者」としての「博士（ドクター）」と認められます。

博士課程では修了することよりも、研究をして成果を出すこと（博士になること）の方が重要なので、三年という期間に縛られずに「博士号」を得るために、大学が決めた延長在籍期間中を、そこで何年も研究を続けていく人も多いのです。

博士課程を修了することと、博士号を取得することは別です。

大学院の入学試験に対応できる自信はありましたが、義博は悩みます。

幾年在籍するか分からない大学院でも、大学同様に学費はかかるのです。

第七章　若い二人の意思

㉗再会

実家都城の父巳義と今後の身の振り方を相談した結果、念願の九大大学院に進んだ義博は無事に修士課程を終え、博士課程を歩み始め独自研究での成果を示し将来のための自己形成を図ろうと気力に満ち溢れていた頃、

それは、ひょんな事から始まった。

姉和子が商売としている美容サロンが軌道に乗り、化粧品メーカーの九州エリアにおいて売上一位に輝き（のちに全国一位になる）、その表彰式が福岡で催されるので「折角だから義博に会いたい。」との連絡が入った。および、かつての親友である野口真麻子（マーコと呼んでいた、真麻子は奈々の姉になる。）が数年前に結婚したので、改めてお祝いに行く約束をしている旨も伝えて来た。

義博は予期せぬ「名前」が出てきて心臓が高鳴る。

当日、博多駅で姉を出迎え、繁華街天神で昼食をとった。姉が前もって予約をしていた最高の中華料理屋に連れて行かれ話が佳境を迎える中、次の行き先である真麻子の住所が

書かれている紙を差し出して来た。義博は、その予期せぬ「住所」に目を見開く。

宮崎に根付いている姉にとって福岡は「ちんぷんかんぷん」で、ましてや箱崎がどこで、どんな町なのか見当がつかない。その紙には「福岡市東区箱崎……と酒店の店名、電話番号」が記されている。姉は同じ箱崎に弟が通っている九州大学があるなんて露にも思っていない。今から、そこに案内するかと思うと義博の気持ちは昂る（たかぶる）。ようやく気を戻して「同じ箱崎に大学があること」を伝えると、姉は「あら、そうなの、偶然ね。」と無頓着に返してきた。

路面電車で三時頃に「箱崎電停」に着いて、徒歩ですぐにその店の前まで行けた。通りを挟んで駄菓子屋があり、下校し家から出て来た小学生達が集まってワイワイ騒いでいる。その賑やかさに囃し（はやし）立てられ初夏の陽気の中を流れるそよ風と共に、背の高い木枠のガラス扉が開けられている店の中に二人は入った。

天井まで立ち上るモクモクのタバコの煙、床のコンクリートには踏みつけられた吸い殻が散乱している中で、立ち呑みしている数名のお客が何気なしにコチラを振り向いたが、興味を示すことなく元の姿勢に戻ってくれた。

カウンターの向こう側に横向きに据えられている机で、商売用の大きなソロバンを弾いて（はじいて）いる女性の横顔が見える。女性は店の雰囲気に飲み込まれ黙っている二人に気付き「あら、カズちゃん（姉和子の呼び名）、義博君も、よく来てくれたね。」と笑顔を振り撒き、「家の玄関には店の横道から入るの。」と言いながら、立ち上がって二人を連れ、一旦表に出て店に沿う横道を抜け玄関から家に招き入れた。

テキパキと動いた女性は、奈々の姉真麻子である。

客間に通され、野口家の家主である奈々の母親ミネが呼ばれて入って来た。

最初に「八女茶（やめ茶）」と佐賀から取り寄せの「くろぼう（黒棒）」が出され、姉がご祝儀を、義博が宮崎で買い込んで来た姉のお土産を差し上げた。

福岡県南部に広がる筑紫平野は農産物にとって良好な気候風土で、お茶の栽培が盛んである。八女茶は福岡県民御用達（ごようたし）の銘茶になる。

黒棒とは九州地方で作られてきた焼菓子の一種。製法は黒砂糖、卵、小麦粉、重曹を練って寝かせた生地を、棒状に成型してオーブンで焼き、適当な長さに切り揃えた後、黒砂糖やショウガで作った糖蜜を表面に塗り、乾燥させる。博多では、一文字「ん」を真ん中に挟んで「くろんぼう」と呼ぶ。

八女茶専門店、量り売りをする。

九州の珍味菓子、「くろぼう」は中身はしっとり生地、外はカリカリ、甘露の調和が絶妙の美味。

そして数分も経たないうちに準備されていた上等のくじらの刺身、オバイケ（くじらの尾っぽ）、がめ煮（骨付きの地鶏肉、ニンジン、レンコン、ゴボウ、コンニャク等の具材を油で炒め、砂糖と醤油で甘辛く煮込んだもの）が出され、ちょっと夕食には早いメインの「水炊き」になるが、博多では地鶏肉と野菜は多種盛り込まずに「キャベツだけ」が、あっさり甘さの真髄の味になる。さらに大皿に盛られた上握り寿司が振舞われた。つまみも選り取り満載で、どれもうまい。玄海灘で漁獲される新鮮な鯖（サバ）の刺身をゴマと醤油で和えた「ごまさば」を乗せたお茶漬けが締めに用意されている。

さっき昼食でとった中華料理では、その食事中に箱崎行きを聞かされ驚いた時点から食が進まなくなってしまい腹を減らしていた義博は貪欲になれた。勧められるがままに初めての博多料理を気兼ねなく頂けている。

九大に入学し教養課程の学而寮スタートでの貧困生活、そして箱崎に移ってからの専門課程、その後の大学院生活でも貧しさは続いていた。

そんな心持ちの義博のことを意に介さない豪傑な女性軍は、姉の美容業界での躍進のことや真麻子の酒屋商売とミネの財テク話に花を咲かせている。

くじらの刺身、酢味噌が合う。

博多地鶏とキャベツの水炊き

一時間が過ぎ、家族が帰って来た。まずは配達を終えた真麻子の夫正広（まさひろ）が、初めて会う二人に挨拶をし、さっそくビールを持って来て上機嫌に飲み始めた。

義博も誘われ一緒に飲んだが、初めてお酒を飲んだ時から顔が、かなり赤くなる。

この日も相変わらずの有り様におさまっている。


それから三十分も経たない内に、最後の一人奈々が帰って来た。習い事から急いで戻って来たのか、少し息を切らしながら「ご無沙汰しておりましたが、お二人のことは一時も忘れることは有りませんでした。和子さんは事業に成功なされ嬉しゅうございます。是非、福岡を楽しんでいって下さい。」と挨拶し、今度は義博の目をしっかりと見据えて「よっちゃん、九大の大学院生ですって！　すごいね。」と言ってくれた。


全員が揃い盛況を迎える中、お酌をするのに義博の横に付いた奈々が、少し照れる義博に向かって「ずっと待っていたよ、嬉しい。」と言ってきた。「女性は太陽」と称する作家がいたが、何もかもお見通しで遠くから暖かく見守ってくれていたのか。宮崎で十二歳の時にお別れしたが、この福岡で二十四歳になった今、再会出来ることを予感していたかのようなセリフである。

だが今の義博は、宮崎での別れの時に「さびしい」とつぶやかれ、たじろいだ十二歳の義博ではない。「奈々さんの名前はイバラ科の花梨（カリン）のことで、その果実を部屋に置くと芳しい（かぐわしい）香りで満たされるんですよ。」と、九歳の時に近所の宮崎農専の学生さんの下宿で読んだ図鑑から得た知識を伝えることが出来た。

夜八時を知らせる壁掛け時計の音が鳴ったところで、盛り上がった今昔話（今となっては昔の話）の宴はようやくお開きとなり、正広を店に残して全員は箱崎電停まで歩調を合わせた。始発の駅なのでチンチン電車（路面電車）は待機している。

お別れの最後に真麻子が冗談とも本気ともつかない事を言った。

「カズちゃん、今度、会えるとしたら義博君と奈々の結婚式かね。」

「いつに、なるかね。」と和子は返した。これには参った義博は、取りつく島も無く仕方なしに奈々を見つめると、奈々はしっかりと「まず、デートしようか。お店に電話して頂だい。」と申し出た。義博は「わかりました。そうします。」と皆の注目を浴びながら、緊張気味に返事をした。

路面電車とは道路上に敷設された軌道を走行する電車で、比較的短距離の旅客輸送手段として利用され、道路上の安全地帯から車両に乗降する。

俗名が「チンチン電車」と呼ばれるのは、運転手または車掌が頭上の鐘を鳴らすことに由来する。

- 停留場に近づいたとき「チン」と一回鳴らせば
　「停車する」
　または「降客があるため停車せよ」
- 走行中に「チンチン」と二回鳴らせば
　「降客がないので通過しても良いか」
　または「良い」
- 停車中に「チンチン」と二回鳴らせば
　「乗降がすんだので発車しても良いか」
　または「良い」
- 「チンチンチンチン……」と三回以上の連打は
　「非常停車する」
　または「直ちに停車せよ」

かつて福岡市内を走っていたチンチン電車は一九七九年（昭和五十四年）に全線廃止された。

500形507号は筑豊本線の筑前山家駅に移され、北九州線車両保存会のもと修復作業を受けている姿を撮影した。

㉘博士課程を中退

再会を果たし、デートする約束をした通りに、義博は大学事務所前に一台設置された黒電話で奈々と連絡を取り合い、天神に出向くことにした。行く所はボーリング場と姉が先だって食事を奢ってくれた中華料理店に決めた。姉から貰った充分な小遣いがデートの資金になってくれる。

その後、度重ねていくデートでの二人の時間は有意義なもので、宮崎での共通の思い出、義博の都城生活、奈々の酒店生活や家族が砂男兄ちゃんにお世話になっていること、義博の大学院での研究、そして目指す将来像を語り合った。

奈々は、この人は昔も今も変わらず険しい道を歩み、そして将来、周囲から理解と協力を得て研究を重ね、その教育を受ける学生に優しく且つ熱心に接するだろうと強く感じた。

義博も、この人は幼少時の可愛らしさをそのまま残しながら、目元に色気を感じる大人の女性になっている。研究と論文執筆活動に明け暮れ食事もままならない自分を気遣って家に呼んで夕食を準備してくれる。

義博には、周りの者が二人のこの先を期待していることが強く察せられる。

そんな惹かれ合う二人は何の躊躇（ちゅうちょ）も戸惑いもなく愛し合うようになった。

それは突然、奈々の身に降りかかった。

年末の郵便局で人が込み合っている中、酒店のお金を入金するのに、いつもの様に順番待ちをしていた時、急に足のつけ根がひきつるような強い痛みを覚えて、「立っていられない」と感じる間も無く、倒れ気絶した。

下腹部から暗褐色（あんかっしょく）の血があふれ出し床を染めて行く。

局内は騒然とし、顔馴染みの男性局員数名が駆け寄り「野口さん、どうしました？」と問いかけるが、返事はない。

近くで心配している年配の女性が「流産しとる。」と声を掛けると、それを聞いた局員達は更にアタフタしだしたので「なんばしよっと、はよ救急車ば呼ばんね。」と促し「奥の部屋にやさしゅう運んであげんしゃい。」と指示し、奈々が運び込まれると「あとんこつは、私にまかしぇんね。」と博多弁で決めた。

一人の局員が酒店に走った。飛び込むと同時に「お嬢さんが流産ばして、郵便局で倒れとる！」と大声を上げげた。母ミネは仰天したが、冷静に娘真麻子に対して、まず義博さんにすぐに連絡をすること、山口砂男さんに奈々流産の一報を入れること、病院で要りそうなものを見繕って待機することを命じ、ミネ、局員、それと飲酒中であった数名のお客が（何の役にも立たないが）、郵便局に足を速めた。

奈々は九大病院に運ばれ、子宮の検査を受けたが、もう妊娠を続けられないと診断され、残念ながら子宮の中をきれいにする手術がなされた。

数日後、佐賀で山口産婦人科病院を営んでいる砂男兄ちゃんが九大病院を訪れ、奈々とその見舞いに来ている義博を前にして、「流産したことで、奈々ちゃんは自分を責めてはいけないよ。奈々ちゃんの流産は妊娠の初期に起こった受精卵の染色体異常によるもので、自然の摂理の中で起こることなのです。十％くらいの確率で発生します。自分だけがと思いつめないこと。」と医者としての見舞いの言葉を掛けた。

更に早めに妊娠を知る方法や妊娠中に注意することをいくつか教えてもらった。横で聞き入っていた義博は細かくメモを取った。

奈々に妊娠させていようとは、義博の頭と気持ちは研究や論文どころではなくなった。都城から父母・姉達が集まって来て野口家との会議が開かれ、奈々の体調が戻り次第に義博と奈々を結婚させること、酒店の裏の別宅で夫婦生活をさせること等が全員一致で決められた。

義博自身も、大学院在学中これまでご指導して頂いている林産学専攻木材理学担当の渡辺治人教授に、今回の顛末と今後の身の振り方を相談に上がった。

教授は「結婚は君たち本人が決めなさい。次に結婚するとなると、学費のかかる大学院は中退せざるを得ない。私が推薦するので九州大学の非常勤職員として九大を勤め先にしたらどうかね。今後は家庭での生活費が要りようになるだろう。」とのご支援を頂戴し、更に「君の素養は貴重でそれを成熟させる将来が待っている。博士課程を修了せずとも、非常勤職員のかたわらで論文を完成させなさい。」とのご指南を頂いた。

確かに博士課程を修了しなくても論文さえ認められれば、学歴に関係なく博士号の取得は可能なのです。

㉙結婚、出産そして新居へ

一九六一年（昭和三十六年）三月、義博二十五歳で奈々と結婚した。同時に非常勤職員としての仕事も始めたが、半年も経たないその年の八月には九州大学農学部林産学科助手に昇格します。

長期間、体調がすぐれなかった奈々は、義博が昇進して行くことが「一番の特効薬」となり快方に向かい始めていました。

そして、とうとうその日がやって来ます。

一九六三年（昭和三十八年）二月十一日に奈々は無事に出産を果たすことが出来ました。男の子です。名前は義人（よしと）にしました。

義博は溺愛します。家族三人となり、息子から力をもらえている気持ちになった義博はますます仕事に精がでます。

向かい合わせに膝に乗せ言葉を掛けると、いつも義人は周囲に気を取られることなく、じっと義博の動く口元を見つめている。口が動いて音が発せられていることを、不思議に思っているのか。

ある休日の昼、いつもの様に膝に乗せ面と向かって語り掛けていると、突然「おとうさん、なに」と息子の口から声が発せられたのだ。赤ん坊が意味のある声を発するのは生後一年経ったくらいからと聞かされていた義博は、生後七ヶ月目の出来事に仰天した。

真っ先に「奈々、奈々！」と呼びつけ、「しゃべった、しゃべった。」と歓喜し、その息子の顔を奈々の方に向け「お母さん」と教えた。

翌日からハッキリと奈々を「おかあさん」と呼ぶようになった。

酒店裏手の平屋別宅に身を寄せていた義博は、酒店本宅に住むミネから「大きなプレゼント」を貰うことになる。

孫の義人はスクスク育っているし、産後の奈々の調子も戻ってきている。

三人となった義博達を、このまま酒店の裏手に住まわせている訳にはいかないと考えたミネは住宅物件を探していた。

そして、庭が広く日当たりの良い土地に建築中の分譲住宅（完成されている新築住宅と土地がセット）を義博にアッサリと買い与えた。

ミネは実に気前が良い。自分が苦労して貯めたお金を惜しみなく子供たちのために使う。

自分の生活はというと、娘真麻子が用意した朝食を決まって七時にとる。

その献立は、口と尻尾が焦げる程度に焼かれた日干しのメザシと、いつも同じ店から取り寄せる「おきゅうと」に、硬めの鰹節が振りかけられていて、そこに醤油を垂らす。

イリコ（煮干し）でとったダシの味噌汁の具は大根と人参、それに少なめの白飯が定番になっている。そして同じ朝食がもう一膳用意され、亡き夫徹六の仏壇にお供えされる。

徹六と朝の静寂を共にしながら食べ終わると、「わかば（煙草の銘柄）」で一服する。

いつも同じ店から取り寄せる「おきゅうと」とは海藻を加工した食べ物で、その独特な食感が好まれる。天日干したエゴノリや沖天、テングサを混ぜ合わせ、よく叩く。酢を加え煮溶かし裏ごしして、小判型に成型したものを常温で固めて作られる博多の朝の定番食。

「おきゅうと」は喉ごしが良く、朝食の副食に最適。

一時間後の朝八時になると、「ビシッ」とスーツを着込んで、「スカッ」と横を刈り上げた頭髪を七三分けにした銀行マン、証券マン、不動産屋が別室に集まって来て、一人ずつ順番に仏壇間に通されると、分厚い座布団に正座しているミネと面会し、密談する毎日である。

子供には不自由はさせない。必要なものは自分が稼いで与えてやるという強い意志。

その気概は溢れ出し、「鬼の形相」になる。

聞かされた分譲住宅購入の件は、義博にとって「夢のような話」だった。何しろ、大学助手の給料ではとても手が出せるものではない。

三ヶ月も待たずして義博一家は引っ越した。感謝しよう、そして、この家を大切にしようと誓い、義博は自分の姓が入れられた表札の新居での生活を始めた。

息子義人が安全に遊べるように庭一面に芝生を張った。そして、ツツジなど季節を彩る植物の花も咲かせた。

庭の角には幹がまっすぐに伸びる貝塚伊吹（カイヅカイブキ）を植え、近所一番の樹高にもなると、枝も太くなって螺旋状に立ち上がり、子供がスイスイとよじ登っていけるほどになった。

貝塚伊吹はヒノキ科の小高木

そして義博にとって、「これだけは、そうでないと、譲れないもの」がある。それは都城の父巳義がこよなく愛し、早鈴町の実家で育てているバラになる。義博は奈々に「行ってくる。」と言い残し、巳義の所にバラの苗を貰いに行った。持ち帰ったバラは義博の家でも綺麗に真っ赤に咲いた。父がこのバラを愛する理由がよく分かる。

バラ（薔薇）は和名（生物などにつけられた日本語での名前）になります。トゲのある低木の総称である「イバラ（茨）」から転じて「バラ」。

バラが接ぎ木で増やせることから明治以降に愛好者が増え、戦後に鉄道会社が沿線開発の一環としてバラ園の造営を行い、各地でバラ園が開園されるようになり、今でも盛況を迎えていますが、更にそれを自分の庭で観賞し楽しむことができるのは裕福な家庭に限られていました。

巳義が終戦を迎えたのは四十歳の時で、もうすぐ六十歳を迎えようとしている。裕福とは言えない相変わらずの質素ぶりではあるが、マイペースで日々を送れている。茨の道（辛く険しい道のり）を歩んで来た巳義は、「食いつながせた子供たち七人」が、まっとうに生活できるまでに成長したことを心底嬉しく感じている。

それを祝う気持ちから、巳義はわずかな庭の片隅でバラを育てることにした。赤いバラの花言葉は「Love（愛情）」。手元から離れて行った子供たちの代わりに、新たに手間をかけ育てたバラの花が今咲いている。

巳義が育てたバラは、義博の庭でも綺麗に咲いた。

巳義の「愛」を、義博は引き継いだ。

間もなくして、義人に弟が出来た。義博は次男に徹（とおる）と名付けた。奈々の父徹六（てつろく）から貰う一字になる。

息子二人が幼稚園の年長さんと年少さんになる頃に、ふと思うことがある。長男義人は幼児にしては人の動きを観察し、人の話を聞き、一旦整理してから話し出す。又、前の日から面白くまとめて温めておいた話を翌日に喋っているようだ。

一方、次男徹は気ままな性格で思いついたら、すぐに行動にでる。人なつっこく、カタコトのおしゃべりで話しかけられる周囲からは可愛がられる。食欲旺盛で、幼稚園の先生によれば年少組で牛乳を2本飲むのは徹だけだと言う。従って義人と体格差はない。

「義人」は、「自分」に相通じるものがある。

「徹」の性格、行動、喋り方が、「ヤッちゃん」を想い出させる。

義博は「そう感じていること」を奈々に伝えたところ、大きくうなづき「義人はあなた、徹はヤッちゃんにそっくりですよ。」との答えが返って来た。

奈々は、「とっくの前から、分かってましたよ。」とも言いたげな口ぶりであった。

第八章　つながる気持ち

㉚機運熟す

義博、木材工学講座助手の時代に、

- 太田基教授のご指導、河辺純一氏の技能補助のもと、繊維版の製造に関する研究をおこない、九州地域産の低質資源の適用に関する資料を提出する。
- 繊維版の熱圧機構に関する一連の研究を萌芽させて展開し、内部組織構造形成について多くの基礎的かつ実用的な情報を得る。

これらの功績が認められ、一九六九年（昭和四十四年）に「博士号」を取得し、続けて同年「第十回日本木材学会賞」を受賞する。

元来、助手は授業や研究の補助的ポジションであるが、義博の場合の助手は、大学院時代に渡辺治人教授のご指導のもと「異樹種集成材の強度性能に関する一連の研究をおこない、構造用材としての合理的な断面設計の基礎的知見」を得ている経歴が評価されており、ゆくゆくは教授になることを期待され自ら研究教育をおこなうことを主たる業務とするポジションであった。

助教授への昇格も決まり、親戚一同大喜びでお祝いの品を届けてくれます。大学生達も自宅に押しかけ庭でバーベキューをします。家になかったテレビが来ました。水を補充する大きなタンクを内蔵した床置きのクーラーも来ました。冷却風を発しているクーラーの小さな窓に子供がずっと顔をくっ付けています。子供は誕生日会に仲良しの遊び友達を呼んだり、呼ばれたりします。すぐ近くの公園で子供は安全に遊べます。公園でお盆にはお祭りが催され、出店がでて花火大会もやります。地区の公民館では二十畳位の広さの中で、分譲住宅の入居者たちは楽しく趣味に時間を使えています。

日曜日には、親子四人揃って天神の大丸百貨店最上階の食堂で、皆毎回「ざるそば」をすすります。注文するのはいつも、ざるそばばかりなので「ウズラの卵」を割って中身をこぼさずに「おつゆ」にきれいに入れることが子供でも出来るようになりました。

箱崎の酒店に子供を連れて行くと、カウンターの中までのウロチョロは何とか許されていたので格好の遊び場となり、つまみの乾きもの（さきイカ、ピーナッツ、酢昆布、あられ、炒り豆など）を勝手に略奪します。ジュースは飲み放題、つまみも食べ放題。

夏になると、ミネは唐津（福岡の西方向、佐賀県）のシーサイドホテルに皆と宿泊します。呼ばれた大人たちにとっては良いリフレッシュになり、子供たちにとっては海水浴で健康になれます。

ゴールデンウィークの五月三日と四日に福岡で開催される「博多どんたく」になると、ド派手に装飾された西日本鉄道の「花電車」が、箱崎電停にもお目見えするので民衆が押しかける。

博多どんたくは、「松囃子（まつばやし）」を起源とする。元を辿れば、松囃子とは、お年賀に福を祝う行事として室町時代から全国に広まり、江戸時代になると博多の松囃子は福岡藩主黒田氏を表敬するため、正月十五日に松囃子の庶民の一行が福岡城に赴いて新年を祝福していた。それは厳粛なものではなく、民衆は趣向を凝らした出で立ちや出し物で「のぼせる」。これを「通りもん」と呼んだ。博多弁では調子に乗り過ぎている喧嘩の相手に対して「のぼすんなよ！」と威嚇する。

戦時には中断されたが、一九四六年（昭和二十一年）五月に復活して民衆の勇気を奮い立たせた。そして今に引き継がれ、福禄寿・恵比須・大黒天の三福神に仮装した者が馬にゆられて、太鼓を叩き唄う稚児（ちご：幼児のこと）と共に、官公庁や企業を表敬訪問する列と、市民が「しゃもじ」を叩きながら踊り歩く「どんたく隊」や特設された「演舞場」で街は沸き立つ。

但し、当時を更に賑わした花電車は福岡市内線廃止に伴い、一九七五年（昭和五十年）が最後の運行となり、今では「花自動車」に代わっています。

念のため、松囃子の「松」は正月に門前に置く「松飾り」のことで、更に「松の内」とは、年賀の祝いの期間であり、三日・七日・十五日までと地方によって異なります。

これを「幕の内」と言い誤っている人がいるのが気になります。幕の内は相撲用語です。

「どんたく」はオランダ語Zondag（日曜日）が転化したもの。

福岡の名菓「博多通りもん」は博多区の明月堂が製造している。

そんな家族は楽しい生活を過ごせていますが、義博だけは少しの焦りの中で次の仕事に取り組んでいました。

㉛渡米、ワシントン州シアトル

一九六九年（昭和四十四年）四月に「板付空港」（いたづけ空港：現、福岡空港）から「アメリカ合衆国ワシントン州シアトル」へ旅立つ。

現在の福岡空港の原形は、戦争末期の一九四四年（昭和十九年）帝国陸軍航空部隊の飛行場として建設された「席田飛行場」（むしろだ飛行場）になる。一九四五年（昭和二十年）四月に沖縄に上陸したアメリカ軍の偵察を任務としたが、戦後は米軍に接収され「板付基地」として朝鮮戦争中は重要な軍事拠点となった。「福岡空港」と呼ばれるようになったのは、アメリカから返還された一九七二年（昭和四十七年）になってからで、今では博多っ子にとって自慢の国際空港になる。

博多や天神の都心に地下鉄で結ばれている都市型空港でもある。

今度は話を変えてアメリカのことになるが、「ワシントン州」ってどの辺りにあるの？「ワシントン」はアメリカの首都になるが果たしてどうなのかというと、地図の通りワシントン州は西海岸のカナダに接する位置にあり、合衆国の首都ワシントンは東海岸にあります。

区別を明らかにすると、ホワイトハウスがあるワシントンの正式名称は「コロンビア特別区（District of Columbia)」で、通称「ワシントンD．C．」になります。Columbia は、大陸発見者とされるコロンブスに由来します。ワシントンD．C．は、アメリカ合衆国東海岸のメリーランド州とヴァージニア州の境を流れるポトマック川沿いに位置しその面積は小さいのです。

一方の「ワシントン州の都市名シアトル」は、先住していたインディアン部族の「スクアミッシュ族の酋長の名前シアトル」に因んでいます。

メジャーリーグのイチロー選手が最初に活躍したマリナーズの本拠地で、マイクロソフト社の創業者で慈善活動家でもあるビル・ゲイツ氏の出身地としても有名です。

又、スターバックスコーヒーの創業地になるが、市内の一角にあった小さなコーヒー豆専門店に出資し、世界的大企業に飛躍する機会を与えたのはビル・ゲイツ氏の父親でした。

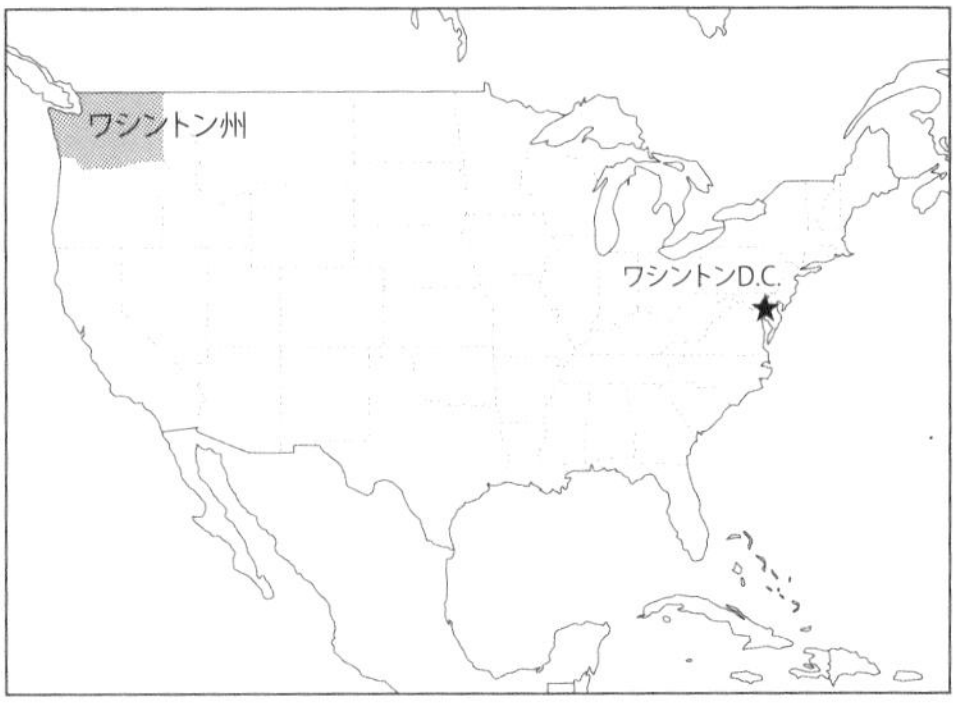

ワシントン州とワシントン D.C. は、真逆の位置になる。

義博は四月二十六日にシアトルに到着し、その日の内に一通のポストカード（絵や写真が裏面に印刷されているハガキ）を家族に宛てている。

アメリカ滞在中のその後のハガキ・手紙において、アメリカを「持てる国」と称し、そのスケールに驚嘆するばかりだ。

グリーティング（ワシントン州、シアトルからのご挨拶、便り）

しあとるから

UNIVERSITY OF WASHINGTON QUADRANGLE in spring time. The buildings from left to right are: Raitt Hall, Art School, Music School and Miller Hall.

26.4.1969

よしとちゃん，とおるちゃんげんきですか．おとうさんはいまあめりかにいます．おみやげをたくさんもってかえってきますから．おかあさんのゆうことをきいて，たくさんあそんでください．たくさんべんきょうをしてください．おかあさんといっしょにてがみをだしてください．

C23583—Color photo by James O. Sneddon, University of Washington

しゃしんはあめりかのだいがくです．おとうさんから．

Published by O. P. Johnston Company, Seattle, Washington

VIA AIR MAIL

US AIR MAIL 10c

UNITED STATES WASHINGTON 5c

FUKUOKA, JAPAN

滞在した十一階建ての大学宿舎の特別室は、さすがに「持てる国」だけあって、日本の一流ホテル以上の完備された設備とサービスであり、ちょっと想像を絶するものがある。食事にも慣れ落ち着いてきて土地の様子をうかがい知る。緯度では北海道の北にある南樺太とほぼ同じになるが、太平洋の暖流に恵まれ温暖である。何といっても広大な山脈から産出される木材は無尽蔵。それにも増して、研究講義を終え宿舎に戻ると、日本から届く家族からの手紙が、たびたび部屋の机上に置いてあることに感激の涙で一杯になった。

㉜一日千秋の想い

義博が旅立ってから十日経った五月五日（こどもの日）、奈々が書いた手紙の冒頭行には「一日千秋（いちじつせんしゅう）の想いで待っています。」と綴られている。

「一日が長く感じられ、帰ってくるのが待ち遠しいという想い」を強く感じる。

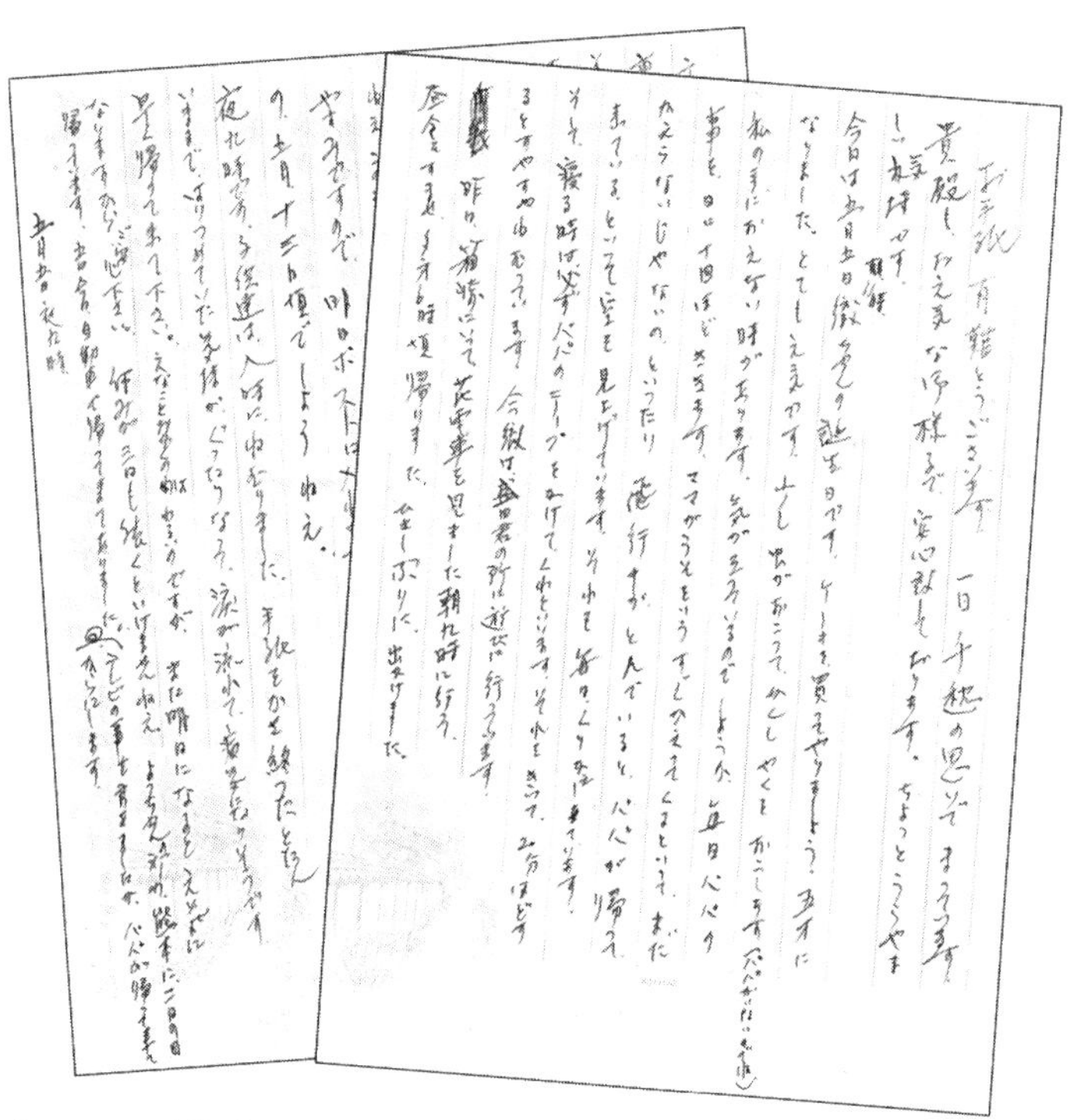

奈々より一日千秋の便り
昨日５月４日、箱崎に花電車を見に行ったことを知らせている。
「テレビが故障し何とかならないか」とも伝えてきているが、こちらからでは手が出せない。気弱さが全体に滲み出ていて心配になる。それでも明日になれば元気になるので安心してくださいと、力を振り絞ってくれている。

「こどもの日」は「徹の誕生日」にあたるので、元気な様子を伝えている。

航空機が発するジェットエンジン音は上空では遮るものがなく、長い時間・広い範囲に及ぶので、その音がしたら空を見上げると、航空機が低空で飛んでいる姿を見ることが出来る。徹がそれを見上げる度に「パパが帰ってきている。」と話す様子が書されている。

そして「見送った板付空港」と「箱崎の花電車」の義人の絵が同封してあった。

板付空港で義博を見送る家族、義人描く

花電車と家族、軌道と車輪が四次元的だ。義人描く

奈々は最後にも「手紙を書き終わったとたん今まで張りつめていた気持ちがぐったりなって涙が流れて病気になりそうです。早く帰ってきてください。」と切なさを訴えている。

㉝ワシントン大学での始まり

日本の高速道路の開通は一九六三年（昭和三十八年）の名神高速道路栗東ＩＣ・尼崎ＩＣ間（七十一・七キロ）が最初であるが、ポストカードには、もう既に発展しきっているシアトルの夜のハイウェイが映し出されている。

義博五月八日の便りには、アメリカ最大の製紙・建材工場の研究所へ行ったこと、そして、ワシントン大学の研究所・図書館で仕事を進め、大学院生たちに論文説明をする予定であること、丘に建つ御殿のような教授宅に招かれ夕食をご馳走してもらった際に、先にプレゼントしていた博多人形を飾ってくれていて、奥さん・子供たちに非常に親切にしてもらったこと等の順調ぶりをアピールし、最後には義人・徹向けに大きくひらが

なで分かり易く優しく語りかける通信をしている。

義博が渡米した同年に、アメリカ合衆国フロリダ州メリット島にあるケネディ宇宙センターから打ち上げられたアポロ11号によって、人類は史上初めて月に着陸することに成功している。

義博からのポストカード、アポロ 11 号

㉞ミネ母さんからの便り

箱崎のミネ母さんから我が家を思ってくれている手紙が届いた。しっかりと近況を知らせてくれている。我が家を見て下さっている母さんは本当に頼りになる、有難い存在だ。義博が出発前に、子供達に語りかける声を「カセットテープ二本」に録音したもの（奈々が夜に寝床で子供達にテープを聞かせるとスヤスヤ寝入ってくれる）を聴いたようで父性愛を感じ「グッ」と胸につまり「ホロリ」としたこと、九州大学で研究をしている伊藤猛宏氏が休みには子供達を貝塚公園に連れて行ってくれていること、東京大学で研究をしている山田雄三氏から九大助教授ともなれば格式があるとの喜びの便りがあったこと、子供達に万が一、何かあった時には、わたくし母ミネが馳せ参じること、家族とアメリカ文通しているハガキ・手紙は、義人・徹の為に記念として大切に保管すること、等々が綴られている。

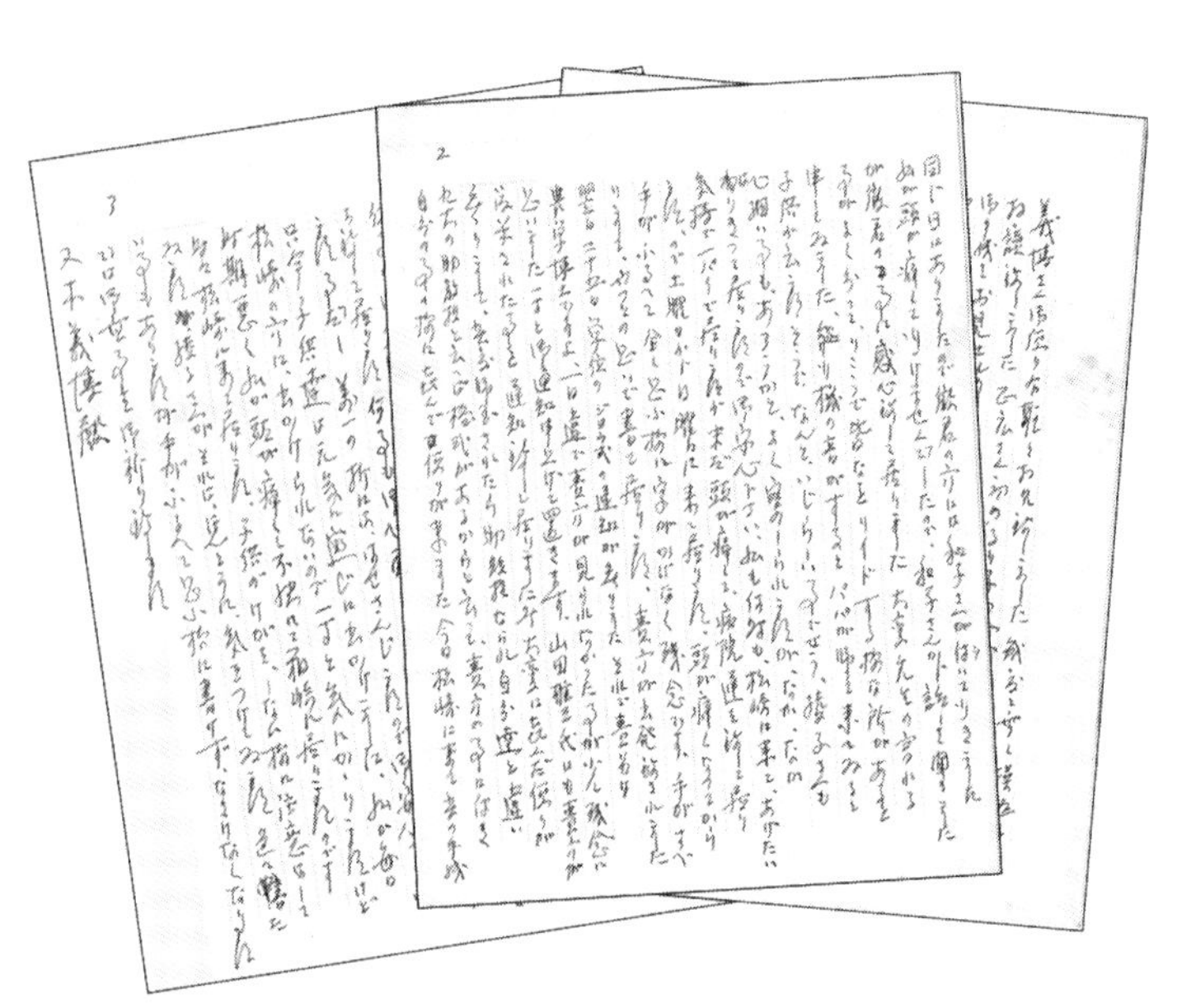

ミネ母さんより情報満載の便り
義博さんが出発された翌日に、学位の授賞式の通知が参りました。

これで貴方は農学博士ですよ。一日違いで貴方が手に取れなかったことが残念ですと、優しく伝えてくれている。

旅を続けられ、いろいろと参考になる事や、尚亦、新しい研究に取り組まれる事も多々あると推察します。

内地（日本）のことは考えず、お元気に過ごしてください。

職務を全うし得ることを心からお祈り申し上げます。と心に染み渡る内容だ。

無駄なく、端的に、情熱を持って書かれている。この人は多岐に渡って情報を集め自分のものとし、先を見越した判断をする方であると、今更ながらに思い知った。

家のツツジやバラがきれいに咲いていることも教えてくれている気遣いにも頭が上がらない。

帰国後、ミネ母さんに言われた通りに「アメリカ便り」と題した箱に文通した多数のハガキ・手紙を保管した。

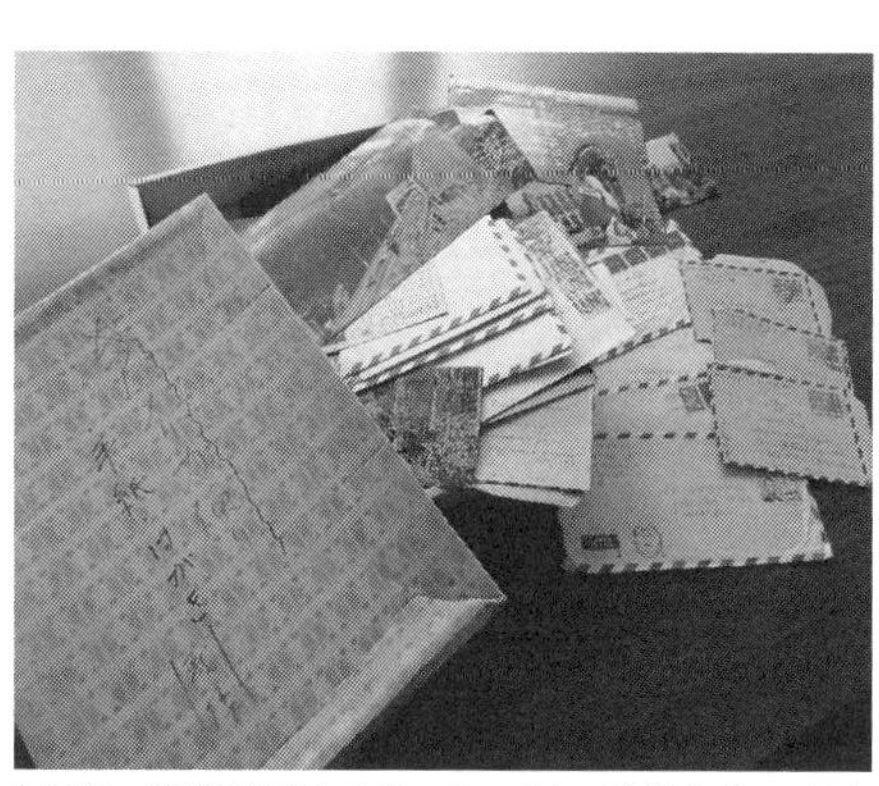

帰国後、義博は通信した互いのハガキ・手紙を「アメリカ便り」と題した箱に保管した。
ミネ母さんの予言した通り、家族間の愛しい感情に満ち溢れている内容を、子供達は引き継ぐことになる。
過去を噛みしめる想いは、生きている現実を充実させてくれる。

㉟航空書簡

ご存じでしょうか？　航空書簡（こうくうしょかん）とは、郵便局で販売されている国際郵便の通常郵便物の一種です。折り畳み式の便箋（通信文）兼封筒（宛先と差出人を記入）の形をしています。表面に料額印面（当時五十円）が予め印刷されていて、その料額印面の額で購入できます。

当時の紙面の大きさは、縦が百七十八ミリ、横が二百七十ミリで（A4サイズより少し小さい）、紙は薄いが破れにくく、色は淡いブルーになっていました。

とにかく、ハガキよりも通信する紙面が約三倍広いので得です。格式にこだわる必要のない子供にとっては大きく書いたり描いたり出来るので便利になります。

更に中身に紙の類なら厚さ一センチまで入れられ増々お得です。

最後に折り畳んでいって四分の一サイズにし、端に付いている糊代を使って封をします。

万国郵便連合に加盟している国家へ送るのならば、郵便ポストに投函できます。

ちなみに、日本の国内でも同じ主旨で使用されている郵便書簡（ゆうびんしょかん）というものも当然あります。通常ハガキと同額です。

現在の航空および国内郵便の両書簡の料額および紙面大きさ・形状を知りたかったら、ご自分で調べてみてください。

PAR AVION 航空郵便
1969.5.25
Dr. YOSHI HIRO
Terry Hall — Room 108
University of Washington
Seattle, Washington, U.S.A
AEROGRAMME
Fukuoka, Japan

航空書簡の表面；右上段に宛先、右下段は差出人
左半分は通信文

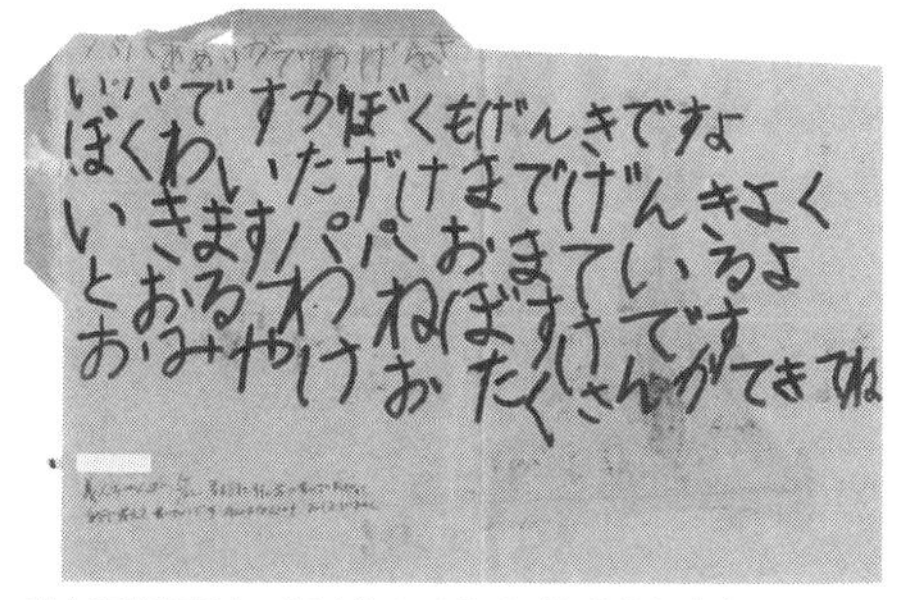
いパですか ぼくもげんきですよ
ぼくわ いたずけまでげんきよく
いきます パパ おまているよ
とおるわ ねぼすけです
おみやげお たくさんかってきてね

裏全面は通信文、実寸はＡ４サイズより少し小さい。

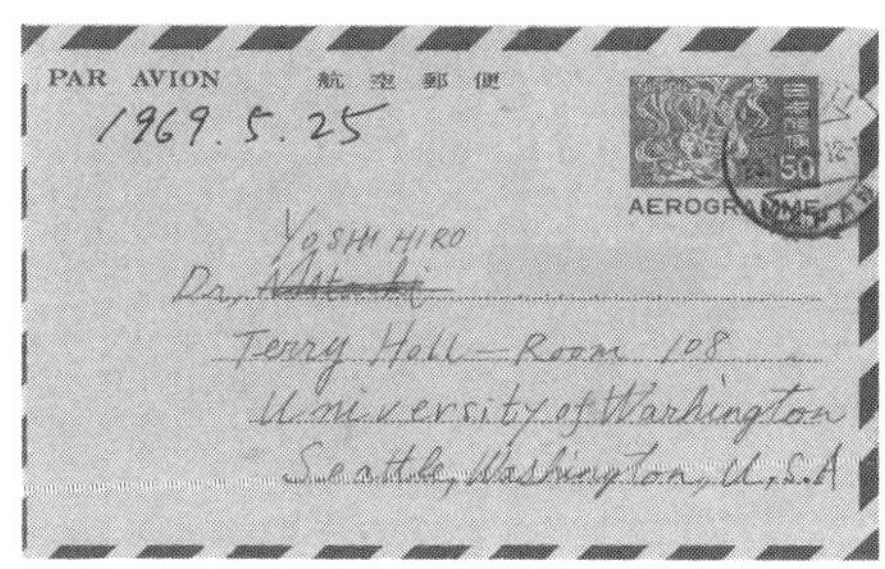
PAR AVION 航空郵便
1969.5.25
YOSHI HIRO
Dr.
Terry Hall — Room 108
University of Washington
Seattle, Washington, U.S.A
AEROGRAMME

折り畳んで４分の１サイズにして２辺の端を糊付けし、ポストに投函

㊱帰路の知らせ

義博は、世界的にも有名なワシントン州の観光地ロザリオの最高級ホテルに宿泊しながら、別会場でおこわれた「渡米の最大テーマである、学会での三時間に渡る研究発表」を見事に成功させ、質疑にも適切に応答できた。日本人は一人であったがその責務を果たせて「ホッ」としている。

別の便りに書いている一節には、九大でやっている実験とその理論は特有で、なんと言っても、大きな開きがあると思っていた高度な国で想像以上に高く評価されていることを、今更ながら知った。これまで地道に諦めず進めてきた苦労が「実を結んだ瞬間」を噛み締めることが出来たと記している。

そして、帰路を知らせるハガキには、お世話になったシアトルを後にし、カリフォルニア大学教授との研

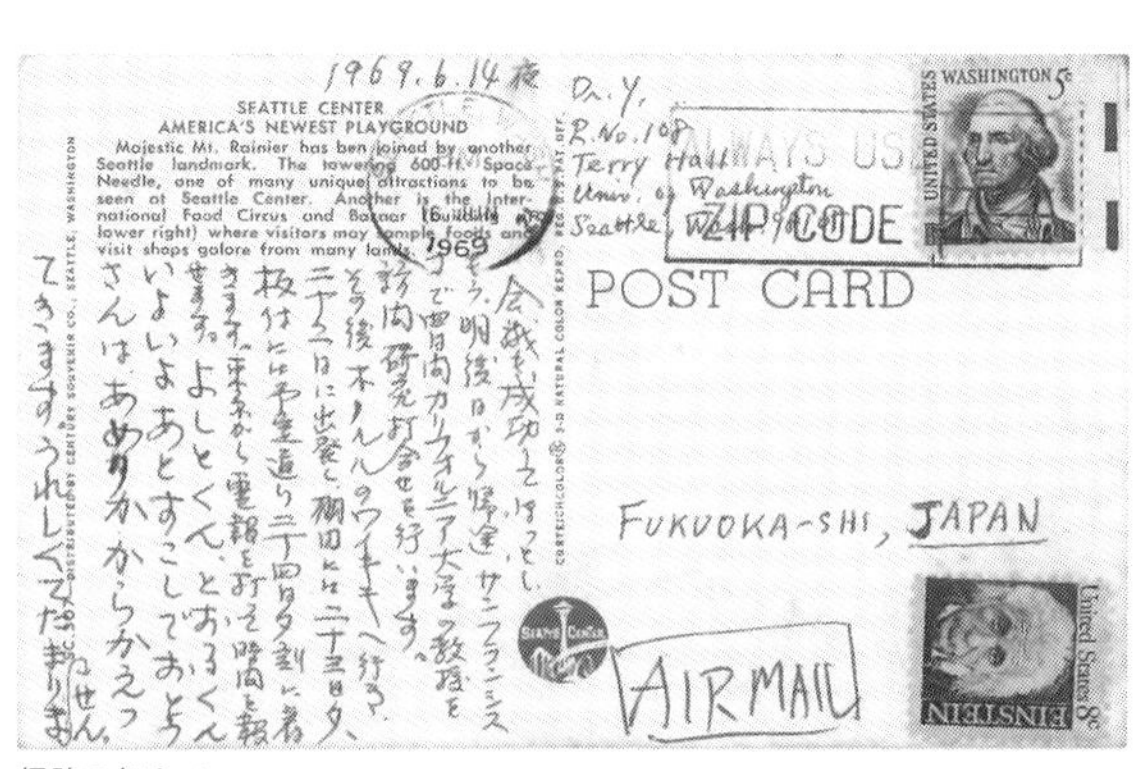

帰路の知らせ

究打ち合わせの後、中間点ホノルルのワイキキを経由して、羽田に着く予定で、東京から最終連絡の電報を打つとしている。

最後の一筆では子供達に会える嬉しさを隠しきれない。

第九章　命を抱き寄せる

㊲幻影

福岡、板付空港に到着した。手荷物の受け取りを終え、到着ロビーに通じるドアを開けると、三人が手を振って声を上げている。

通路には順路を案内するロープが張ってあり、出迎えるものはコチラに来られないようにしてあるのだが、一人がそれをくぐったかと思うと、つられて二人も続いた。

最初に動いたのは、あの「ヤッちゃんだ！」

時差で感覚に誤りが生じて、実際には存在しないのに、存在しているかのように見えているのか。もう一度会いたいという願望が、別次元を創り出しているのか。

そして、ヤッちゃんの後ろを追うのは、ヤッちゃんと遊んでいた時の「義博本人」である。遠い過去の情景が、別世界を描き出しているのか。

最後に駆け込んでくるのは、間違いなく「奈々」。

ああ、あの時の三人があの時と同じように喜々としている。ああ脳裏に焼き付いている。

義博は、この三人をもう二度と離れさせまいと抱きしめた。

話はここで終わる。

おわりに

義博　二〇二〇年（令和二年）一月八日に逝く（享年八十五）。

生前からの本人の意向にもとづき、葬儀はご近所様と近親者のみで執りおこないました。

火葬に付され残された骨は、実に綺麗なものでした。

同席頂いた方々から「こんなにシッカリとしたきれいな遺骨を初めて見させてもらった。」とのお言葉を頂けた。義博は亡くなったが、真に強い命であったことの証が残された。


名誉教授としての一九九九年（平成十一年）二月、

「九州大学農学部最終講義」の終りに申し上げました通りになりますが、

「最後になりましたが、私が長々と自由奔放に険しい道をまがりなりにも乗り越え、ここまで身に余る役目を何とか果たすことが出来ましたのも、ひとえに皆様方の温かいご理解とご指導ならびにご協力とご支援の賜でございます。

深く感謝を申し上げ、重ねて厚くお礼申し上げます。

長い間、誠に有難うございました。」が、お伝えできる最期の言葉となります。

そんな父義博を描いてみた私義人の想いであるが、父は戦火を生き延び、廃退した戦後において使命感を抱き活動し、人を愛し家族を持ち、良識ある心で子供を見守ってくれた。その生き様は祖父巳義の心を引き継いでいる。

そして爆死したヤッちゃんではあったが、その失われた命は父の心の中でつながっていた。天に宿った二人は、秘密の棲み家をつくり遊びに興じていることであろう。

感染が止まないコロナの衝撃で社会は後退し、苦節の道を歩んでいる。

同じく戦争の打撃で日本は消滅したが、新しい社会秩序を築き上げ、復興できている。悪くても経験しないと、新たな意欲、思考、行動は生まれない。

「消滅」の対義語は「発生」である。

過去に、幾多の多様な災難に見舞われてきたし、将来でも、さらに途轍（とてつ）もないものが待ち受けているだろう。「途轍」の途は「道」のこと、轍（わだち）は「車輪の跡」のことで、歩み続けて固められてきた道「常識」を意味する。従って「途轍もない」とは「考えもつかない、とんでもない」を表す。

しかし、人は結束し「その途轍もない所に新しい道」をつくり復興できる。

父義博は、その主たる活動の一員となり、独創的な研究成果を挙げ、学術の研究教育に広く携わり人材を育成し、関連産業分野の要請に応じて刷新的な実用技術を提供した。

但し、ひとりでは偉業は成しえない。そこには結びつく「人の心」が見え、その先には社会、家族で「つないでいく人の命」が見えてくる。

【著者自己紹介】

又木義人(またき よしと)

昨日、新幹線で本著を制作するのにパソコンに没頭していたら、それを覗き込んでいたのか、乗り合わせた隣の青年から「オジサン」と話しかけられた。突然で誰の事かなと一瞬当惑したが、まさしく自分の事だ。

その出会った青年の目には「ウサギの眼」と相通じるものを感じた。

古代ローマ帝国時代の落書きには「今の若い連中は…うんぬん」とボヤキが記されている。その言い回しは時を経ても繰り返され、今のご時世でも不変である。しかし青年たちの「タカラモノ(個性・才能)」が、次の時代に向けるその「眼」を輝かせ、動き出してくれるはずだ。

私は、奈良の西大寺に不定期ではあるがよく足を運ぶ。

そこには、優しい目をしずかに輝かせた「善財童子」が手を合わせ少し前に歩み出そうとしている像がある。

小生学歴:福岡県立福岡高等学校、明治大学法学部法律学科卒

心(こころ)で、つなぐ命(いのち)

2021年5月28日　第1刷発行

著　者　又木義人
発行人　久保田貴幸

発行元　株式会社 幻冬舎メディアコンサルティング
〒151-0051　東京都渋谷区千駄ヶ谷4-9-7
電話　03-5411-6440(編集)

発売元　株式会社 幻冬舎
〒151-0051　東京都渋谷区千駄ヶ谷4-9-7
電話　03-5411-6222(営業)

印刷・製本　中央精版印刷株式会社
装　丁　沖恵子

検印廃止

Printed in Japan
ISBN 978-4-344-93477-1 C0095
幻冬舎メディアコンサルティングHP
http://www.gentosha-mc.com/